PROJET DÉCAMÉRON

The New York Times Magazine

Projet Décaméron

29 nouvelles au temps de la pandémie

Illustrées par Sophy Hollington

Fayard

La traduction de la nouvelle de Mia Couto, p. 223 à 231
de cet ouvrage, est parue pour la première fois
en France dans le recueil *Le Chasseur d'éléphants invisibles*,
trad. par Elisabeth Monteiro-Rodrigues,
Chandeigne, 2023.

Illustration de couverture :
Maquette de couverture : Rachel Willey
Adaptation française : Le Petit Atelier

Ce livre est la traduction intégrale,
publiée pour la première fois en France,
du recueil de nouvelles :
THE DECAMERON PROJECT
nouvelles publiées par le *New York Times*
et réunies dans le recueil du même nom publié par Scribner,
une marque de Simon & Schuster, Inc.

ISBN : 978-2-213-72147-7
Dépôt légal : mars 2023

PRÉFACE

par Caitlin Roper

traduit de l'anglais (États-Unis) par Santiago Artozqui

En mars 2020, un livre du XIVe siècle s'est retrouvé en rupture de stock dans les librairies – *Le Décaméron* de Boccace, une série d'histoires enchâssées racontées par et pour un groupe de femmes et d'hommes partis se mettre à l'abri en dehors de Florence pendant que la peste ravageait la ville. Aux États-Unis, de notre propre chef, nous commencions à nous isoler, à apprendre ce que signifiait être confinés, et beaucoup de lecteurs cherchaient des conseils dans ce livre. Tandis que le coronavirus se répandait partout dans le monde, la romancière Rivka Galchen a contacté *The New York Times Magazine* et nous a dit qu'elle aimerait écrire un article pour recommander aux lecteurs de se plonger dans le *Décaméron*, afin de comprendre le moment présent. Nous avons adoré l'idée, mais nous nous sommes demandé si on ne pourrait pas plutôt créer notre propre *Décaméron*, avec des nouvelles composées pendant la quarantaine.

Nous avons commencé à solliciter des auteurs pour qu'ils nous envoient des pitchs – quelques lignes qui donnent une idée de l'histoire qu'ils espéraient raconter. Plusieurs travaillaient à leur roman et n'avaient pas le temps. L'un d'eux s'occupait d'enfants en bas âge et ne savait pas s'il serait capable d'écrire dans cette situation, ni comment. Un autre a répondu : « La partie de mon cerveau qui écrit de la fiction ne trouve aucune inspiration dans la crise actuelle, j'en ai bien peur. » Nous comprenions. Nous n'étions même pas sûrs que notre concept soit viable.

Mais alors que le virus s'abattait sur New York, que nous étions terrifiés et endeuillés, nous avons commencé à entendre autre chose, quelque chose qui ressemblait à de l'espoir – de l'intérêt, et plein d'idées alléchantes. Le romancier John Wray a dit qu'il voulait écrire « à propos d'un jeune homme en Espagne qui loue son chien à des gens pour leur permettre de contourner le couvre-feu en arguant qu'ils promènent leur animal de compagnie ». L'idée de Mona Awad débutait ainsi : « Le jour de son quarantième anniversaire, une femme se rend dans un spa de luxe pour s'octroyer un petit plaisir en s'offrant l'un de leurs célèbres masques de beauté. Une fois sur place, ils lui proposent un traitement expérimental qui comprend l'effacement de certains mauvais souvenirs afin que sa peau soit vraiment lisse, ferme et resplendissante… » Charles Yu nous a confié qu'il avait plusieurs idées, « mais celle qui m'excite le plus combine deux points de vue narratifs : celui du virus et celui de l'algorithme de recherche de Google ». Le pitch de Margaret Atwood était le suivant : « L'histoire est racontée à un groupe d'êtres humains en quarantaine par un extraterrestre venu d'une planète lointaine et qu'on a envoyé sur la Terre dans le cadre d'un programme d'aide interstellaire. » C'est tout. C'était ça, le pitch. Comment refuser ? Nous voulions lire toutes ces nouvelles. En fait, nous en avions demandé trop pour qu'un magazine puisse toutes les contenir. Nous nous sommes vite rendu compte, non sans douleur, qu'il fallait qu'on arrête de solliciter d'autres auteurs.

Quand les textes ont commencé à nous parvenir, alors que nous étions plongés encore plus profondément dans l'une des expériences les plus effrayantes de notre existence, nous savions que ces écrivains étaient en train de créer des œuvres d'art. Nous ne nous attendions pas à ce qu'ils soient à ce point capables de transformer l'horreur du moment présent en une chose si puissante. C'était un rappel qu'à son meilleur la fiction peut vous emmener loin de vous-même, mais aussi, d'une certaine manière, vous aider à comprendre exactement où vous êtes.

Le numéro spécial du magazine fut publié le 12 juillet, au moment où l'épidémie reprenait de l'ampleur aux États-Unis. La réaction des lecteurs fut rapide et enthousiaste. Notre courrier regorgeait de lettres à l'éditeur soulignant la consolation que ces contes leur apportaient. Nous ne pourrions imaginer plus grande aspiration pour ce projet – tant sous sa forme originale que sous celle du livre que vous tenez maintenant entre vos mains –, que de fournir du plaisir et du réconfort en ces temps sombres et instables. Nous espérons que vous serez en bonne santé quand vous le lirez.

CONTES SALVATEURS

Une introduction de Rivka Galchen

traduit de l'anglais (États-Unis) par Véronique Béghain

Dix jeunes gens décident de s'isoler dans la campagne florentine. Nous en sommes en 1348, à l'époque de la peste bubonique. Ceux qu'elle frappe voient se développer des grosseurs à l'aine ou aux aisselles, puis des taches sombres sur leurs membres. Certains qui respiraient la santé au petit déjeuner soupent dans l'autre monde en compagnie de leurs ancêtres, dit-on. Les cochons sauvages qui viennent renifler et déchiqueter les guenilles des cadavres sont eux-mêmes pris de convulsions et finissent par mourir. Que font ces jeunes gens après avoir fui des souffrances et des atrocités indicibles ? Ils mangent, chantent des chansons et se racontent des histoires chacun à leur tour. Dans l'une d'elles, une religieuse se coiffe accidentellement du pantalon de son amant en guise de cornette. Dans une autre, une femme au cœur brisé fait pousser du basilic dans un pot contenant la tête tranchée de son amant. La plupart de ces histoires sont absurdes, certaines sont tristes, et aucune ne parle de la peste. Telle est la structure du *Décaméron* de Boccace, un livre qu'on encense depuis bientôt sept cents ans.

Boccace, lui-même natif de Florence, entame vraisemblablement la rédaction du *Décaméron* en 1349, l'année de la mort de son père, lequel aurait succombé à la peste. Il lui faut quelques années pour en venir à bout. Les premiers lecteurs et admirateurs du livre sont ceux-là mêmes qui ont vu mourir à peu près la moitié de leurs concitoyens. Les récits qui le composent ne sont pas nouveaux, pour la plupart, puisqu'ils reprennent en fait des histoires connues. Boccace clôt *Le Décaméron* sur une plaisanterie : certains lecteurs, dit-il, pourraient voir en lui un écrivain sans envergure, alors qu'il est loin d'en manquer, étant donné sa corpulence. Que penser de son enjouement en pareil moment ?

Comme tant d'autres, j'ai vu se dandiner, à la mi-mars, deux manchots sauteurs qui circulaient en toute liberté dans l'aquarium John G. Shedd de Chicago. Wellington le manchot en pinçait pour les bélougas. Même si j'avais sans doute déjà lu, à l'époque, des dizaines d'articles sur le nouveau coronavirus, ce sont ces curieux manchots solitaires qui, pour moi, sur le plan émotionnel, ont donné une réalité à la pandémie, alors même que les vidéos me faisaient par ailleurs sourire et oublier les « nouvelles ». En mai, trois manchots de Humboldt ont parcouru les salles étrangement désertes du Nelson-Atkins Museum of Art à Kansas City, en s'attardant près des tableaux du Caravage. Les manchots eux-mêmes n'étaient pas dénués de cette capacité à surprendre propre à l'art, de cette faculté à révéler la réalité toujours présente que, paradoxalement, l'information dissimule.

Il est facile de passer à côté de la réalité, peut-être parce que nous la regardons constamment. Les commentaires et questions de ma fille de six ans sur la pandémie étaient limités, en dehors des solutions qu'elle proposait de temps à autre, comme déchirer le coronavirus en mille morceaux et l'enterrer. C'était une « histoire » qui la perturbait trop pour qu'elle s'y confronte directement. Mais, quand il a commencé à être question d'équipements de protection, ses figurines se sont mises à porter des armures fabriquées avec du papier d'emballage de chocolats, de la ficelle et du scotch. Par la suite, elle les a emmaillotées dans des boules de coton. Les figurines se livraient à des combats complexes dont le sens m'échappait. Dans les moments de calme où elle lisait, ma fille a développé une obsession pour la saga des *Royaumes de feu*, où l'on voit des jeunes dragons tenter de réaliser la prophétie selon laquelle ils vont mettre fin à la guerre.

Quand une histoire vraie, exceptionnelle et essentielle occupe tous les instants de la vie, pourquoi se tourner vers des récits d'imagination ? « L'art est ce qui rend la vie plus intéressante que l'art », note, dans une de ses œuvres, Robert Filliou, un artiste français appartenant au mouvement Fluxus, qui suggère par là que nous ne saisissons pas la vie au premier regard. Comme si la vie était une de ces astuces picturales, du type du crâne présent dans *Les Ambassadeurs* de Hans Holbein le Jeune, que le spectateur ne remarque qu'en se plaçant de côté ; vu de face, il peut être pris pour du bois flotté ou passer inaperçu. Dans l'italien de l'époque de Boccace, le mot *novelle* signifie à la fois « nouvelles » et « histoires ». Les contes du *Décaméron* sont les nouvelles de l'époque, présentées sous une forme adaptée aux auditeurs. (La règle adoptée par les jeunes gens pendant leur période d'isolement était : pas de nouvelles de Florence !) La première histoire raconte sur un mode comique comment procéder avec un corps sur le point de se changer en cadavre ; la comédie camoufle la catastrophe trop familière pour être comprise.

Mais, au fil des pages, le ton et le contenu des histoires que se racontent les jeunes gens changent. Les premiers jours sont pour l'essentiel marqués par la plaisanterie et l'irrévérence. Puis, le quatrième jour, ce sont dix histoires d'affilée sur le thème de l'amour tragique. Le cinquième, des histoires d'amants qui, après de terribles mésaventures ou coups du sort, trouvent le bonheur. Boccace écrit que, durant la peste noire, la population florentine a cessé de faire le deuil de ses morts. Au bout de quelques jours à l'écart de la ville, les jeunes conteurs de son récit parviennent à pleurer, censément en réponse à des histoires imaginaires d'amours tragiques, mais plus vraisemblablement du fond du cœur.

Le paradoxe propre à la littérature d'évasion de Boccace, c'est qu'elle renvoie pour finir les personnages, comme les lecteurs, à ce qu'ils ont fui. Les premières histoires ont pour cadre divers lieux et époques, tandis que les dernières sont fréquemment situées en Toscane, voire spécifiquement à Florence. Dans celles-ci, les personnages sont empêtrés dans des situations plus contemporaines et plus reconnaissables. Des petits farceurs baissent le pantalon d'un juge florentin corrompu. Et tout le monde rit. Un simple d'esprit du nom de Calandrino est la cible de mauvais tours à répétition. Faut-il en rire ? Au dixième jour, on commence à entendre parler d'individus au comportement d'une noblesse à peine concevable face à un monde manifestement cruel et injuste. Sans avoir à faire étalage de leurs émotions (ce n'est qu'une histoire, après tout), les personnages se voient rendre l'espoir.

Boccace recycle un schéma ancien en insérant cette série de contes dans un récit à cadre. Le cadre des *Mille et Une Nuits*, c'est Shéhérazade racontant des histoires à son mari, le roi. Si le roi vient à s'ennuyer, il la fera exécuter, comme il l'a fait avec ses épouses précédentes. Les histoires enchâssées du *Pañchatantra* mettent en scène des personnages (souvent des animaux, parfois des humains) qui sont confrontés à des difficultés, à des dilemmes et à la guerre. Dans ces divers exemples, les histoires ont toutes, d'une façon ou d'une autre, une vertu salvatrice, alors même que leur caractère divertissant constitue l'une de leurs principales ressources pour sauver une vie. Lire des histoires en des temps difficiles est une manière de comprendre ces temps, mais aussi une manière de ne pas s'y enliser.

Les jeunes gens du *Décaméron* n'ont pas quitté leur ville pour toujours. Au bout de deux semaines, ils décident de rentrer. Ce n'est pas parce que l'épidémie a pris fin (ils n'ont aucune raison de le penser) qu'ils rentrent. Ils rentrent parce qu'après avoir ri, pleuré et imaginé de nouvelles règles de vie, tout bonnement, ils sont en mesure de voir enfin le présent et de penser à l'avenir. Les *novelle* issues de leur retraite ont redonné vie aux *novelle* de leur monde, ne serait-ce que brièvement. *Memento mori* (souviens-toi que tu vas mourir) est un message primordial qui vaut que l'on s'en souvienne lorsque, en des temps ordinaires, l'on pourrait risquer de l'oublier. *Memento vivere* (souviens-toi que tu vas vivre) est le message du *Décaméron*.

DE VIEILLES CONNAISSANCES

VICTOR LAVALLE

traduit de l'anglais (États-Unis) par Benoît Domis

Pas facile de trouver un bon appartement à New York. Alors dans un immeuble agréable, je vous laisse imaginer. Je veux parler de ses habitants, bien sûr, cette histoire n'est pas celle de mes efforts pour devenir propriétaire. J'ai trouvé un bon appartement, dans un super immeuble de Washington Heights. Cinq étages à l'angle de la 180ᵉ Rue et de l'avenue Fort Washington ; un deux-pièces, largement suffisant pour moi. J'ai emménagé en décembre 2019. Vous devinez peut-être déjà la suite. Le virus nous est tombé dessus, et en l'espace de quatre mois, l'immeuble s'est à moitié vidé. Certains de mes voisins ont fui vers des résidences secondaires ou chez leurs parents, hors de la ville ; d'autres, les plus âgés et les plus pauvres, ont disparu à l'hôpital, douze rues plus loin. J'avais emménagé dans une ruche pleine de monde, et j'habitais soudain une maison déserte.

Et puis j'ai rencontré Pilar.

« Vous croyez aux vies antérieures ? »

Nous attendions l'ascenseur dans l'entrée. C'était pile après le début du confinement. Elle a posé la question, je n'ai rien dit, mais je ne suis pas restée sans réaction pour autant. Je l'ai gratifiée de mon petit sourire pincé, tout en baissant les yeux vers mes pieds. Je ne suis pas impolie, juste extraordinairement timide. C'est ma nature, elle ne change pas, même durant une pandémie. Je suis une femme noire, et les gens semblent étonnés en découvrant qu'il arrive aussi à certaines d'entre nous de se sentir mal à l'aise.

« Il n'y a que nous ici, a poursuivi Pilar. C'est donc certainement à vous que je m'adresse. »

Malgré son côté direct, sa voix était enjouée. Alors que l'ascenseur descendait, mon regard s'est tourné vers elle, et c'est là que j'ai vu ses chaussures. Des richelieus pointus noir et blanc, la partie blanche peinte pour lui donner l'apparence de touches de piano. Malgré le confinement, Pilar avait pris la peine d'enfiler une paire de souliers aussi élégante. Je rentrais du supermarché avec mes vieilles claquettes abîmées aux pieds.

J'ai ouvert la porte de l'ascenseur et me suis enfin décidée à la dévisager.

« Eh bien voilà ! » a dit Pilar, sans doute du ton qu'elle aurait employé pour complimenter un oiseau timide qui viendrait de se poser sur son doigt.

Elle devait avoir une vingtaine d'années de plus que moi. J'ai fêté mes quarante ans le mois où j'ai emménagé dans l'immeuble. Maman et papa m'avaient téléphoné de Pittsburgh pour me chanter « Joyeux anniversaire ». En dépit de l'actualité, ils ne m'ont pas proposé de rentrer. Et je n'en ai pas fait la demande. Quand on se voit, ils me posent des questions sur ma vie, sur mes projets, et je redeviens une ado bougonne. Mon père a tout de même commandé pour moi quelques produits du quotidien, qu'il m'a fait livrer. Ç'a toujours été sa manière de me montrer qu'il m'aime : il s'assure que je ne manque de rien.

« J'ai essayé de me procurer du papier hygiénique, a poursuivi Pilar dans l'ascenseur. Mais comme c'est la panique, je n'en ai pas trouvé. Les gens pensent qu'avoir les fesses propres va les mettre à l'abri du virus ? »

Elle m'a regardée ; l'ascenseur s'est arrêté au troisième étage. Elle est sortie et a tenu la porte ouverte.

« Vous ne riez pas à mes plaisanteries, et vous n'allez même pas me dire votre nom ? »

J'ai souri, cette fois parce que c'était devenu un jeu entre nous.

« Un défi, alors, a-t-elle ajouté. Ce n'est que partie remise. » Elle a pointé du doigt le bout du couloir. « Je suis au quarante et un. »

Pilar a lâché la porte de l'ascenseur, et je suis montée au cinquième, où j'ai rangé mes courses. À l'époque, je pensais encore que ce serait bientôt terminé. Ça paraît bien ridicule maintenant. Je suis allée dans la salle de bain. Parmi les produits que m'avait envoyés mon père se trouvait un pack de trente-deux rouleaux de papier hygiénique. Je suis retourné discrètement au troisième et j'en ai posé trois devant la porte de Pilar.

Un mois plus tard, j'avais pris l'habitude de me connecter à mon « bureau à distance » ; la grille d'écrans – toutes nos petites têtes – ressemblait à l'open space où nous travaillions il n'y a pas si longtemps. Je ne parlais probablement pas plus à mes collègues qu'avant. Quand on a sonné à la porte, j'ai sauté sur l'occasion de m'éloigner de mon ordinateur portable. Peut-être une visite de Pilar. J'ai enfilé une paire de mocassins à boucles ; eux aussi avaient connu des jours meilleurs, mais c'était déjà un progrès par rapport aux claquettes de notre précédente rencontre.

Ce n'était pas elle, mais le concierge, Andrés. Presque soixante ans, né à Porto Rico, il arborait un léopard tatoué qui grimpait le long de son cou.

« Toujours là, a-t-il constaté d'un ton aimable derrière son masque bleu.

– Nulle part où aller. »

Il a hoché la tête et poussé un grognement, entre rire et toux. « La ville me demande de faire la tournée des appartements maintenant. Tous les jours. »

Le contenu de son sac a cliqueté comme s'il transportait des serpents métalliques. Quand il a surpris mon regard, il l'a ouvert : des bombes de peinture. « Si je n'obtiens pas de réponse, je dois utiliser ça. »

Andrés a fait un pas de côté. Plus loin dans le couloir, un « V » argenté géant défigurait la porte verte du numéro soixante-six. Tellement récent que la lettre gouttait encore.

« "V" pour "virus" ? »

Andrés a haussé les sourcils, avant que ceux-ci reprennent leur place.

« Vide, a-t-il corrigé.

– C'est plus convenable de le dire ainsi, je suppose. »

Nous sommes restés plantés là en silence, lui dans le couloir, moi dans mon appartement. J'ai pris conscience que je ne portais pas mon masque au moment où j'avais répondu à la porte. J'ai couvert ma bouche pour parler.

« La ville vous oblige à faire ça ? ai-je demandé.

– Dans certains quartiers. Le Bronx, le Queens, Harlem. Et nous. Les points chauds. » Il a sorti une des bombes de son sac et l'a secouée. Le roulement à billes a tinté à l'intérieur. « Je frapperai demain. Si vous n'ouvrez pas, j'ai les clés. »

Je l'ai regardé s'éloigner.

« Combien de personnes sont encore là ? ai-je lancé. Dans l'immeuble ? »

Il était déjà dans l'escalier. S'il m'a répondu, je ne l'ai pas entendu. J'ai avancé sur le palier. Mon étage comptait six appartements. Cinq portes avaient eu droit à un « V » décoratif. J'étais la dernière.

On pourrait croire qu'ensuite je me suis dépêchée de descendre chez Pilar. Mais je ne pouvais pas me permettre de perdre mon boulot. Le propriétaire n'avait pas mentionné d'indulgence particulière pour le paiement du loyer. Je suis donc retournée à mon ordinateur jusqu'à la fin de ma journée de travail. J'ai ressenti un immense soulagement en constatant que la porte du numéro quarante et un n'avait pas été peinte. J'ai frappé jusqu'à ce que Pilar me réponde. Elle portait son masque, comme moi maintenant, mais j'ai tout de suite su qu'elle souriait. Son regard a quitté mon visage pour s'intéresser à mes pieds.

« Ces chaussures ont connu des jours meilleurs », a-t-elle dit, avant de rire de si bon cœur que je ne me suis presque pas sentie gênée.

Pilar et moi avons pris l'habitude d'aller au supermarché ensemble, deux fois par semaine. Nous marchions de front, laissant la longueur d'un bras entre nous, et quand nous croisions d'autres gens, nous nous mettions en file indienne. Elle parlait sans arrêt, que je me trouve à côté ou derrière elle. Certaines personnes ne supportent pas les moulins à paroles, mais son bavardage à elle tombait sur moi comme une pluie nourrissante.

Elle avait quitté la Colombie pour New York, avec un bref séjour à Key West, en Floride, entre les deux. Elle avait vécu à Manhattan, de bas en haut, pendant quarante ans. Elle jouait du piano et idolâtrait Peruchín ; elle s'était produite avec Chucho Valdés. Maintenant, elle donnait des cours à des enfants dans son appartement pour trente-cinq dollars de l'heure. Du moins l'avait-elle fait, jusqu'à ce que le virus l'empêche de les accueillir chez elle pour des raisons de sécurité. Ils me manquent, disait-elle, à chacune de nos conversations, alors que quatre semaines en devenaient six, puis douze. Elle se demandait si elle reverrait un jour ses élèves et leurs parents.

Je lui ai proposé de l'aider à mettre sur pied des leçons de piano à distance. Grâce à mon compte pro, je pourrais lui aménager des sessions gratuites de chat. Mais, au bout de trois mois, Pilar avait perdu ses manières enjouées. Elle m'a répondu : « Les écrans donnent l'illusion qu'il existe encore un lien entre nous. Mais ce n'est pas vrai. Ceux qui pouvaient partir sont partis. Le reste d'entre nous ? On nous a abandonnés. »

Elle est sortie de l'ascenseur.

« Pourquoi faire semblant ? »

Elle m'a effrayée. Je m'en rends compte à présent. Je me suis dit que j'étais trop prise, comme si ma vie avait changé. En fait, je l'évitais. Nous tentions tous de ne pas sombrer dans le désespoir. Alors, quand elle a dit : « On nous a abandonnés. Pourquoi faire semblant ? », j'ai eu l'impression qu'elle me parlait depuis le fond de cet abîme où je me surprenais à descendre déjà trop souvent. Je suis donc allée seule au supermarché, retenant ma respiration chaque fois que l'ascenseur passait au troisième étage.

Pendant ce temps, Andrés continuait à travailler. Je ne le voyais pas. Il frappait à ma porte chaque matin, et je frappais de mon côté en guise de réponse. Mais il laissait des traces derrière lui. Trois appartements du rez-de-chaussée marqués d'un « V » une semaine. Lorsque je suis retournée au supermarché, les trois autres avaient subi le même sort.

Quatre au premier étage.

Cinq au deuxième.

Un après-midi, je l'ai entendu donner des coups de pied dans une porte au troisième. Il braillait un nom que j'ai eu peine à reconnaître, derrière le bâillon de son masque. Je suis sortie de chez moi et suis descendue. Andrés semblait tassé à la porte du numéro quarante et un, qu'il martelait désespérément à coups de pied.

« Pilar ! » a-t-il de nouveau crié.

Il s'est retourné avec surprise quand je suis apparue. Ses yeux étaient rouges. Une couche de peinture argentée lui couvrait complètement les doigts de sa main droite à présent. Je me suis demandé comment il arriverait à s'en débarrasser, si son travail ne s'arrêtait jamais.

« J'ai oublié mes clés, a-t-il dit. Je dois aller les chercher.

– Je vais rester », ai-je répondu.

Il est descendu en courant. Je me suis tenue près de la porte, sans prendre la peine de frapper. Si les coups de pied du concierge n'avaient pas réveillé Pilar, que pouvais-je faire ?

« Il est parti ? »

J'ai failli m'évanouir.

« Pilar ! Vous avez voulu l'asticoter ?

– Non, a-t-elle répondu à travers la porte. Mais ce n'était pas lui que j'attendais. C'était vous. »

Je me suis assise pour me trouver à peu près à la hauteur de sa voix. J'ai entendu sa respiration difficile.

« Ça fait un bail », a-t-elle dit enfin.

J'ai posé la tête contre la porte.

« Je suis désolée. »

Elle a reniflé.

« Même les femmes comme nous ont peur des femmes comme nous. »

J'ai baissé mon masque, comme s'il m'empêchait de dire ce que j'avais vraiment besoin de dire. Mais je ne parvenais toujours pas à trouver les mots.

« Vous croyez aux vies antérieures ? a-t-elle poursuivi.

– C'est la première chose que vous m'avez demandée.

– Quand je vous ai vue dans l'ascenseur, j'ai eu la conviction de vous avoir déjà rencontrée. Comme si nous étions de vieilles connaissances. Des membres de la même famille. »

L'ascenseur est arrivé. Andrés en est sorti. J'ai remis mon masque et me suis levée. Il a ouvert la porte.

« Faites attention, ai-je dit. Elle est juste derrière. »

Mais quand il a poussé la porte, le couloir était vide.

Il l'a trouvée dans son lit. Morte. Il est revenu avec un sac à la main. Mon nom figurait dessus. Les richelieus noir et blanc de Pilar étaient à l'intérieur. Une note dans la chaussure gauche. Vous me les rendrez quand on se reverra.

Je dois enfiler une seconde paire de chaussettes pour qu'elles m'aillent, mais je ne sors jamais sans.

UN CIEL BLEU COMME CELUI-CI

MONA AWAD

traduit de l'anglais (États-Unis) par Nadège T. Dulot

Et aujourd'hui c'est ton anniversaire par-dessus le marché. Tu l'appréhendais. Voici ce que tu envoies par SMS à tes amis depuis des jours maintenant : J'appréhende. Tu ajoutes un emoji affligé : des X à la place des yeux, la bouche ouverte comme un O. Tu ris de toi-même et de ton appréhension stupide. Mais elle est bien réelle. C'est pour ça que tu es ici, malgré tout. Un endroit trouvé sur le dark web. Ouvert malgré le confinement. Un appartement-terrasse dans le centre. La matrice ténébreuse d'une salle de soins grosse de vapeur et d'eucalyptus. La lumière y est si bien tamisée et clémente. Tu es allongée nue sur une table chauffée. Une femme te malaxe le visage avec une sorte de placenta de chèvre. Tu sens les articulations de ses doigts s'enfoncer dans tes joues, drainant ton liquide lymphatique. Il y a beaucoup à drainer, murmure-t-elle. « Ça ne m'étonne pas, chuchotes-tu, drainez à l'envi. »

La femme t'a paru sans âge dans son uniforme noir, les cheveux remontés dans un chignon serré.

Trois respirations profondes, voilà, a-t-elle dit. Je vais respirer avec vous. Vous voulez bien ?

Elle s'est frotté les mains avec des huiles essentielles et les a placées au-dessus de ton nez et de ta bouche. Ne vous inquiétez pas, a-t-elle dit, détectant peut-être ta peur, ton hésitation. Nous prenons toutes les précautions. Bon, d'accord. Avec elle, tu as respiré profondément. Senti vos poitrines monter et descendre.

Voilà, a-t-elle dit. Ça va mieux, non ?

Tu as entendu une fontaine au loin. Une musique douce sans instrument reconnaissable. Comme le gong infini d'une terrible cloche. Mais beau.

À présent, elle dit : « Je vais allumer pour regarder votre peau. Comme la lumière est forte, je vais vous couvrir les yeux. » Elle presse un disque de coton humide sur chacune de tes paupières fermées. Tu penses aux pièces de monnaie que l'on met sur les yeux des morts. La lumière est si forte que tu peux la sentir à travers la ouate. Rougeoyante. Brûlante sur ton visage. Ainsi que la réalité de ses yeux. Qui te regardent.

« Alors ? dis-tu enfin, car tu ne peux plus endurer son silence plus longtemps. Quel est le verdict ?

– Vous avez eu une année difficile, non ? »

Tu te revois seule et apeurée dans ton appartement. Tremblante sur ton île de canapé. Le corps en feu. Respirant comme si tu te noyais sous le flot de larmes qui jaillissait de tes yeux.

« Comme nous tous, non ? » dis-tu doucement.

Elle reste silencieuse. Le parfum d'eucalyptus se fait oppressant.

« Tout est là, j'en ai peur », dit-elle enfin.

La pulpe de ses doigts longe les sillons de ton front, les profonds plissements entre tes sourcils. Les veines autour de ton nez, les fronces autour de ta bouche : les plis nasogéniens, comme tu sais désormais qu'on les appelle. Les rides qui n'ont été creusées par aucune expression de joie.

Elle les touche si tendrement qu'une larme t'échappe. Elle soulève le coton de ta paupière et tient un miroir au-dessus de ton visage.

« La mémoire et la peau vont de pair, dit-elle. Bons souvenirs, belle peau. Mauvais souvenirs… » Et là, elle ne finit pas sa phrase. Parce que le miroir parle de lui-même, n'est-ce pas ?

« Et si on faisait quelque chose pour ça ? » dit-elle d'une voix comme une caresse.

Et tu dis : « Quoi ? »

Elle dit : « D'abord, je dois vous demander si vous êtes très attachée à vos souvenirs. »

Tu regardes dans le miroir. Les malheurs de ta vie marqués sur ta peau. Tes pores grands ouverts devant toi comme des bouches qui crient sans voix. Le poids de l'année passée seule jette un voile grisâtre qu'on ne pourra jamais lever.

Et à ton reflet, tu dis : « Je n'y suis pas attachée. Pas du tout. »

À présent, tu te trouves dans la clarté d'une fin d'après-midi d'été. Le soleil brille encore haut dans le ciel, si doux, si doré. Ton pas est léger quand tu quittes l'immeuble en sautillant. Tu sautilles ; pourquoi pas ? C'est ton anniversaire après tout, n'est-ce pas ? Ça ne s'oublie pas. Tu te demandes ce que tu as oublié. Tu repenses à la femme quand elle appliquait les disques lisses et noirs sur la surface de ton visage, des disques au bout de câbles électriques eux-mêmes connectés à une machine à potentiomètres. La femme a tourné les boutons comme pour monter le volume, et tu as senti un goût de métal jusqu'à la pulpe de tes dents. C'est drôle, maintenant, de te revoir crier quand l'électricité craquelait contre ta boîte crânienne.

La boutique du hall de l'immeuble est fermée. Plus que fermée : la devanture est brisée comme si quelqu'un avait lancé une brique contre la vitre. À l'intérieur se trouve un mannequin chauve et blanc, tout nu. Un sac à main en forme de cygne scintillant pend de son poignet comme si elle se rendait à une soirée sans rien sur le dos. Elle te regarde fixement avec ses yeux brillants. Ses lèvres décrivent un léger sourire. Une noirceur remplit tes entrailles. L'effroi se répand dans tes membres. Mais c'est alors que tu surprends ton reflet dans le verre brisé. Radieuse. Remontée. Éradiquée. C'est le mot qui vient avec le plus de force à l'esprit : « éradiquée ». C'est étrange. Éradiquer ne veut-il pas dire détruire ? Ton visage paraît être aux antipodes de la destruction. Tu as un pauvre sac noir sur le dos, et alors ? Ton visage possède et la légèreté et la vie et toute la couleur qu'il te faut. Y ajouter encore plus de couleur serait presque trop. Une gifle au visage de quelqu'un d'autre.

Dans le taxi pour rentrer, tu te souris à toi-même dans la vitre, dans le rétroviseur, tu souris au chauffeur, même s'il ne te rend pas la pareille.

« Journée chargée ? lances-tu.

– Non », répond-il, comme si tu étais folle. Est-ce là un regard noir qu'il te lance ? Il porte une écharpe nouée sur sa bouche et son nez, alors c'est difficile à dire. Peut-être est-il souffrant ? De quoi, te demandes-tu. Tu lui souhaites d'être en bonne santé, le pauvre. Tu tentes de communiquer ta bienveillance avec ton visage. Il t'adresse juste un regard glacial dans le rétroviseur jusqu'à ce que tu détournes les yeux vers la fenêtre et l'extérieur. La ville semble étonnamment vide et sale. Sur tes genoux, ton téléphone vibre. Un SMS d'une personne appelée Seigneur des Ténèbres.

OK, écrit-il, je te retrouve.

C'est ton anniv après tout.

Au parc à 18 heures. Le banc près des cygnes.

Tu fais défiler les messages précédents. « J'ai besoin de te voir », as-tu écrit au Seigneur des Ténèbres il y a seulement deux heures. S'il te plaît. Trois fois, tu l'as supplié. Intéressant.

Eh bien, il ne doit pas être si terrifiant si tu voulais le voir ? Et si c'est un besoin, rien que ça ! En plus, il te connaît assez bien pour savoir que c'est ton anniversaire, alors...

Pourquoi ne pas se retrouver dans un bar à vin ? réponds-tu.

Un bar à vin ?! Ouais, c'est ça. On se voit au parc.

Un « date » avec le Seigneur des Ténèbres. C'est effrayant, mais si excitant, non ? Tu admires ton visage sur la séparation entre l'arrière et l'avant du taxi. Devant ton reflet, tu ressens instantanément le calme en toi. Tu imagines un soleil darder ses rayons de derrière un amas de nuages gris. Tu es baignée par cette merveilleuse lumière de l'esprit, et c'est magnifique et aveuglant.

Une fois au parc, tu essaies de payer en liquide le chauffeur de taxi, mais il secoue la tête violemment. Il ne veut pas de ton putain de cash. Par carte uniquement, s'il vous plaît. Tandis que tu le regardes s'éloigner avec un crissement de pneus dans la rue vide, tu remarques que les trottoirs sont déserts. Dans le parc, la pelouse semble plus négligée, ensauvagée, qu'à ta dernière venue. Seul un couple marche rapidement sur le sentier qui longe le plan d'eau, la tête baissée.

Tu vois un homme sous une capuche noire, seul sur un banc près des cygnes. C'est sûrement lui, le Seigneur des Ténèbres. Oui, tu as peur. Tu es surtout excitée. Une aventure ! Tu es carrément partante sur le moment. Tu dépasses le couple en sautillant sur le chemin de graviers. Tu ressens un soulagement quand tu les aperçois de près : des gens ! Mais quand tu les approches, souriante, sur le point de dire : Bonjour ! C'est super calme aujourd'hui, hein ? Bon, au moins on a le parc pour nous, ha ha ha ha ! ils s'éloignent du sentier pour fouler l'herbe mal entretenue et contournent un saule pleureur pour t'éviter. Et tout en faisant ça, ils te lancent un regard de mort. Tu es sur le point de dire : Mais quoi, putain ! quand tu entends ton nom.

Tu regardes d'où ça vient. C'est Ben, ton ex-mari. Assis tout au bord du banc, son regard triste fixé sur toi. Il tient une flasque. Il a une mine épouvantable. Bouffie et émaciée à la fois.

« Ben ? C'est vraiment toi ? » Bien sûr que c'est lui. Tu n'arrives tout simplement pas à croire que le Seigneur des Ténèbres soit Ben. Sûrement une petite boutade à toi-même pour te distraire un soir. Tu avais bu et trouvé des noms fantaisistes pour tes contacts. Trop drôle. Quand l'as-tu vu pour la dernière fois ? Tu fourrages dans ton esprit, mais il n'y a rien. Un mur.

« Ça fait du bien de te voir, Julia. »

Mais ça n'a pas l'air d'aller bien du tout. Il te regarde en fronçant les sourcils. C'est étrange d'ailleurs, vu que tu as une dégaine fantastique aujourd'hui. Tu n'aurais pas pu choisir un meilleur jour pour revoir ton ex, franchement.

« Ça fait du bien de te voir aussi », réponds-tu à Ben. Il ne sourit pas.

« J'ai choisi ce banc parce que c'est le plus long, dit-il. Pour qu'on puisse chacun s'asseoir à une extrémité. » Il illustre avec le bras la longueur du banc. Tu constates qu'il a posé une bouteille de vin à bouchon à vis et une petite boîte blanche à l'autre bout. « Pour ton anniversaire, déclare-t-il. Joyeux anniversaire.

– Merci », dis-tu, et tu te rappelles sur le moment à quel point Ben était étrange. Il l'est toujours apparemment.

« Ne t'inquiète pas, dit-il, j'ai essuyé la bouteille. Le banc aussi. » Il sourit, prudemment. Tu remarques le masque qui pend à son cou. Il est en tissu avec un motif à fleurs. On dirait qu'il l'a confectionné lui-même, avec une machine à coudre et un bout de nappe. Ta vieille nappe sans doute.

Voir le masque suscite quelque chose, une froideur, qui ne reste pas. Sa mysophobie ne s'arrange donc pas. Les gens se font toujours plus étranges avec l'âge. C'est triste, en fait. Ça te fait éprouver de la tendresse envers lui.

Tu te joins à Ben sur le banc. Sirote le vin et ouvre la boîte blanche. Il y a un cupcake Hostess à l'intérieur. Il insiste : personne n'y a touché. Super, tu dis. Tu souris et attends qu'il soit anéanti par ta personne. Mais il continue à scruter les alentours, comme s'il avait peur.

« Écoute, je ne peux vraiment pas rester longtemps, dit-il.

– C'est pas grave. » Tu te rends compte que ça n'a pas d'importance. Vraiment. Ça t'enorgueillit un peu d'en avoir conscience. Tu croques une bouchée de cupcake.

Visiblement, Ben se détend. Tant et si bien que tu as l'impression d'avoir conclu un terrible marché.

Tu lui souris. « C'est quoi tout ça ? »

Il te regarde, sans sourire. « Tu m'as invité, tu te souviens ? »

J'ai besoin de te voir. S'il te plaît.

« Ah oui. Eh bien. Je me disais que ça pourrait être sympa de prendre des nouvelles. » Pourquoi pas ? C'est quelque chose que tu dirais comme ça.

Ben te regarde comme si tu étais folle. Il soupire profondément. « Écoute, Julia, tu sais que je tiens à toi.

– Moi aussi, je tiens à toi. » C'est bon de le dire. Ça sonne vrai.

« Mais il faut qu'on établisse des limites à ne pas franchir », ajoute-t-il rapidement. Il te regarde intensément de son coin du banc.

« Absolument, acquiesces-tu. C'est super, les limites à ne pas franchir. » Mais de quoi il parle, bordel ?

« Je suis en couple, tu le sais. »

Il a besoin d'une coupe, tu le remarques à présent. Ses cheveux sont négligés, trop longs, comme l'herbe.

« Ouais, dis-tu en hochant la tête. Félicitations. »

Il semble stupéfait. « C'est tout ce que tu as à dire ? »

Ses yeux te paraissent soudain étranges. Ils étaient bleus avant, non ? Maintenant, ils sont juste gris humide, le blanc plein de veines rouges.

« Qu'est-ce que tu veux que je te dise ?

– Écoute, Julia, c'était une connerie l'autre soir, d'accord ? Moi aussi, j'ai déconné. Je le reconnais. Mais quand tu m'as appelé en pleurant, j'étais censé faire quoi ? J'avais quoi comme choix, moi ? »

Tu fouilles ta mémoire pour trouver l'autre soir. Aucun soir n'apparaît nulle part. Tu essaies de te voir en train d'appeler Ben. Des larmes se déversant de tes yeux pendant que tu lui parles. Que du ciel bleu partout, le plus doux des bleus.

« J'étais juste venu t'apporter des courses, dit-il. Je t'avais dit que je venais que pour ça. C'est ce que je fais quand un pote est mal. »

Il me dit ça comme s'il me repoussait. « Mal » ? Ce mot te paraît tellement à côté de la plaque par rapport à toi, à ce que tu ressens à cet instant. En dépit de Ben. Regarde-le en train d'essayer de te déstabiliser. C'est lui qui est mal. On dirait qu'il a mille ans.

« J'allais les laisser devant la porte et m'en aller, dit Ben tristement. Mais il y a eu un bruit. » Il ferme les yeux maintenant. Il a l'air si affligé que c'en est ridicule.

« Quel bruit ? » Tu penses à la cloche, à la fois terrible et magnifique, de la salle de soins. Ce gong sans fin qui te remplit la tête encore maintenant.

« Toi, dit Ben. En train de pleurer. De sangloter. De t'étouffer derrière la porte. Toute seule. Me suppliant d'entrer, encore et encore. »

Tu le regardes secouer la tête. « Je dois dire que ça me hante », poursuit Ben en te regardant. On dirait qu'il attend que tu sois terrassée. Par la honte d'avoir manifesté ton désespoir ce soir-là. Le soir où ton chagrin a fait un bruit qu'il n'oubliera jamais et auquel il n'a apparemment pas pu résister. Et c'est là que tu sais que Ben et toi avez sûrement baisé. Carrément, tu as baisé le Seigneur des Ténèbres. C'est peut-être pour ça d'ailleurs qu'il est le Seigneur des Ténèbres.

« C'était de la pure inconscience, s'écrit Ben. J'ai fait preuve d'inconscience. »

Et sa voix est comme une brique. Elle essaie de te briser comme si tu étais toute fragile. Tu l'étais peut-être auparavant. Tu envisages ça comme si tu envisageais un triste état de fait de très, très loin. Mais on ne peut plus te briser désormais. Même avec cette froideur rampante en toi, tu as les lèvres rouges du mannequin ; sur le moment, tu les sens s'arquer comme son léger sourire. Tu regardes Ben avec tes yeux brillants. Ben se détourne pour regarder les cygnes.

« C'était probablement juste le rhume des foins, dit-il. Tu l'attrapes toujours à cette époque de l'année et tu oublies à chaque fois, tu crois que c'est quelque chose de plus morbide. Tu penses toujours que tu vas mourir, Julia. Même avant, tu le pensais. Même avant tout ça. » Et là, il fait un geste englobant le monde. Les cygnes, le ciel, les arbres pleureurs et le parc en friche, un groupe de gens qui passent par-là, tous masqués, tu les remarques maintenant, des masques faits maison comme celui de Ben ou des écharpes comme le chauffeur de taxi. Ils s'arrêtent brusquement et se tournent vers toi. Dévisagent furieusement ta face nue et lumineuse. Car tout ce qu'il se passe, tu l'as oublié. Tout est éradiqué. Levé par la femme en uniforme noir.

Soudain tu veux prendre la main de Ben et la presser contre ton visage. Sa main était calleuse à certains endroits, douce à d'autres et toujours chaude et sèche quand elle tenait la tienne. Tu t'en souviens à présent. Tu tends la tienne au-dessus de la longue étendue de banc. Le visage de Ben s'assombrit. Il regarde ton bras comme si c'était un serpent avant de marmonner qu'il doit s'en aller. Tu lui fais un geste d'au revoir quand il se lève, et tu fais bonjour aux gens qui te dévisagent parce que tant qu'à faire… tu es déjà en train d'agiter la main. Ils te regardent bouche bée, avec horreur. C'est tragique. Qu'y a-t-il à craindre lors d'une journée pareille ? Sous un ciel bleu comme celui-ci ? Une si belle journée. Ton anniversaire.

UNE ÉCHAPPÉE

Kamila Shamsie

traduit de l'anglais (Pakistan) par Sylvie Schneiter

Azra ouvrit le portail et posa le pied sur la chaussée. Tu es sûre de toi ? lança sa mère depuis le jardin où elle décrivait des cercles, un cercle toutes les quarante-cinq secondes.

Tout le monde le fait, même des femmes seules, répondit Azra, laissant néanmoins le portail ouvert tandis que, debout à l'extérieur, elle serrait son sac, vide à part le portable qui lui donnait l'impression d'être à la fois en sécurité et une cible. Cinq minutes ! s'exclama Zohra en s'avançant vers Azra de son pas vif habituel. Sa voix porta certainement jusqu'à la moitié de la rue. J'ai mis cinq minutes à te rejoindre. Moins.

Si invraisemblable que cela paraisse puisque le trajet entre leurs deux logements prenait à peu près le même temps en voiture, Zohra affirmait ne pas se tromper : les bouchons, les rues à sens unique. Lorsqu'elle ferma le portail, Azra entendit sa mère interrompre sa circumnavigation dans le jardin, remonter l'allée et verrouiller le portail de l'intérieur. Lave-toi les mains, lui intima Azra par l'entrebâillement entre le portail et le mur. Oui, oui, bien sûr, madame la paranoïaque, obtempéra sa mère.

Elles partirent, Zohra en tête d'une foulée, s'écartant de quelques centimètres sur le côté. Comme il n'y avait pas de trottoirs, elles marchaient sur la route ; de toute façon, il n'y avait jamais beaucoup de circulation dans ce quartier résidentiel. Quelques maisons plus bas, une femme plantée sur son balcon fit signe à la mère et à la fille. Elle vivait ici depuis vingt-cinq ans, date de la construction de sa maison, juste après qu'Azra était rentrée de l'université. Azra lui rendit son salut. Premier échange.

Début avril, or l'hiver n'était déjà plus qu'un souvenir à Karachi. Azra tira sur sa kameez plaquée sur sa peau par l'humidité. Zohra s'était habillée comme à l'ordinaire pour ses promenades dans le jardin public – pantalon de yoga et tee-shirt. Leur dernière balade dans le parc remontait à plus de trois semaines, bien que Zohra s'y rende tous les jours en voiture pour nourrir les chats ; l'agent de sécurité, qui partageait son affection pour les animaux, lui ouvrait.

L'unique sujet de conversation comportait de multiples thèmes sous-jacents. Elles passèrent du quotidien à l'apocalyptique tout en avançant dans la principale avenue, droite, plongée dans un silence angoissant, jusqu'à ce que l'odeur de la mer les fasse taire. Celle-ci miroita un instant devant les deux femmes qui arrivèrent bientôt à son niveau ; le sable immaculé, couleur fauve, s'étirait devant l'eau gris tourterelle. Colporteurs, buggies, marchands de cerfs-volants, couples assis côte à côte sur la digue, voitures chargées de familles à la recherche de l'unique lieu où le grondement urbain de Karachi se muait en sourire : tous avaient disparu. Deux policiers, masqués, à cheval, se dirigèrent vers elles.

Ils leur ordonnèrent de s'en aller. Elles rentrèrent par un autre chemin, zigzaguèrent dans d'étroites ruelles bordées d'arbres, s'arrêtèrent pour discuter de l'architecture de demeures qu'elles n'avaient jamais remarquées, quand bien même elles avaient passé le plus clair de leur existence dans ces quelques mètres carrés de la mégapole. Par hasard, elles se retrouvèrent sur une route où évoluaient beaucoup de piétons, dont elles connaissaient un certain nombre. Tous se faisaient signe, enchantés de se voir, se prévalaient de garder leurs distances sans toujours y veiller. Des préadolescents à vélo, sans adultes pour les accompagner, les dépassèrent à toute allure. Les gens du quartier n'avaient jamais été aussi près de se réunir pour une fête de voisins. Azra dit bonjours à tue-tête à une ancienne camarade de classe, indifférente au ton élevé de sa voix, susceptible d'attirer l'attention sur elle. Son sac à main, à peine fermé, ballottait sur sa hanche. En cet instant, le monde parut meilleur qu'il ne l'avait jamais été – généreux, sans danger.

Une fois que tout sera terminé, nous pourrons peut-être nous promener ici plutôt que faire interminablement le tour du parc, suggéra Zohra. Peut-être, convint Azra.

L.A. RIVER, OU LE FLEUVE DE LOS ANGELES

COLM TÓIBÍN

traduit de l'anglais (Irlande) par Anna Gibson

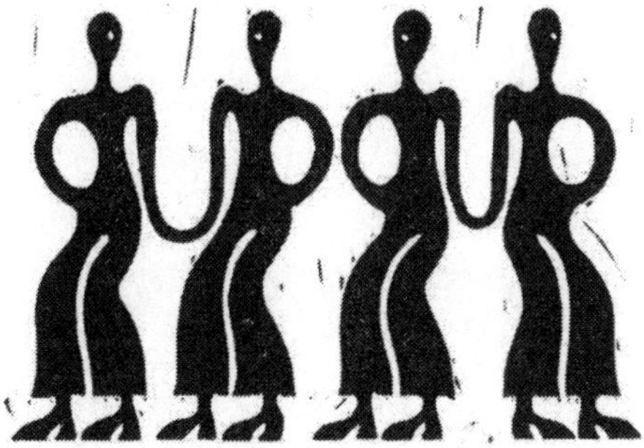

J'ai tenu un journal pendant le confinement. J'ai commencé par noter la date de mon enfermement personnel – le 11 mars 2020 – et le lieu, Highland Park, Los Angeles. Le premier jour, j'ai recopié le texte d'un autocollant aperçu sur un camping-car ce matin-là. « Souriez, vous êtes filmés. »

Ensuite rien d'autre ne m'est venu. Il ne s'est pas passé grand-chose après cela.

J'aimerais pouvoir dire que je me levais chaque matin pour écrire un nouveau chapitre, mais je traînais au lit. Plus tard dans la journée, je m'employais à critiquer mon petit ami pour son goût musical, que je trouvais encore plus déplorable depuis qu'il s'était acheté ces nouvelles enceintes qui rendaient soudain si net l'horrible bruit.

L'humanité est partagée entre ceux qui ont commencé à écouter Bach et Beethoven à la fin de leur adolescence et ceux qui ne l'ont pas fait. H. ne l'avait pas fait. À la place, il avait une énorme collection de vinyles, qui ne comptait presque pas de musique classique, et presque rien qui me plaisait.

De plus, nous n'avions pas lu les mêmes livres. La première langue de H. était le français, et son esprit était orienté vers la spéculation. Je le laissais donc dans une pièce en compagnie de Jacques et de Gilles, pendant que, dans une autre pièce, je me consacrais à Jane et à Emily.

Il lisait Harry Dodge ; je lisais David Lodge.

Dans une petite ville du Midwest vivait un certain auteur de fiction. J'avais dévoré ses deux livres et j'aimais la façon dont il s'y montrait à nu émotionnellement. Bien que ne l'ayant jamais rencontré, je souhaitais vivement son bonheur. En allant sur Internet, j'ai été enchanté d'apprendre qu'il avait un compagnon, et de voir quelques posts sur leur félicité domestique. H., qui l'avait rencontré en personne, était content lui aussi de savoir que cet écrivain coulait des jours paisibles avec quelqu'un qu'il aimait.

Bien vite nous avons commencé à consulter régulièrement ses posts. Quand il rentrait à la maison, il était accueilli par des fleurs de la part de son petit ami. Nous avons regardé une photo des fleurs.

Et il faisait des cookies, du moins à en croire un nouveau post. Le soir, son ami et lui regardaient des films qui étaient une révélation pour l'un comme pour l'autre.

Nous portons tous en nous des êtres de l'ombre, des lieux de l'ombre, des scènes de l'ombre. Parfois, ces ombres occupent une plus grande place que ce qui a réellement lieu.

La pâleur du réel me fait frémir ; mais les ombres me font rêver.

J'adorais penser au romancier de l'ombre et à son petit ami.

Et je tentais d'imaginer un récit de bonheur domestique, où H. et moi aurions partagé espace, musique, films et romans tout en postant notre amour sur les réseaux.

Mais j'avais beau rêver, le soir venu nous n'arrivions pas à nous mettre d'accord sur ce que nous allions regarder. La première semaine, nous devions voir des films dont l'action se déroulait à Los Angeles. Par exemple *Mullholand Drive* et *Body Double*. J'ai trouvé le premier trop lent et le second trop rhétorique dans le suspense. Or, non seulement H. a adoré les deux films, mais comme il s'y connaissait en cinéma il est devenu intarissable sur la manière dont les images d'une œuvre ressurgissaient dans une autre, sur toutes les références cachées et les correspondances secrètes que pouvait contenir un seul film.

Moi, je n'étais jamais allé au cinéma que pour m'amuser. L'heure précédant le coucher a commencé à devenir tendue pendant que H. me suivait partout dans la maison, bien décidé à m'enseigner la signification profonde des films que nous venions de voir.

C'était dans ces moments-là que je l'aimais le plus : il était tellement sincère dans son amour du cinéma, de ses idées et de ses images, et dans sa volonté d'en parler sérieusement.

Mais les mauvais soirs je ne pouvais m'empêcher de m'écrier : « Ce film est nul ! Il insulte mon intelligence ! », en réaction à ses commentaires détaillés sur Godard et Godot et Guy Debord.

J'ai parcouru les noms des grands couples gays de l'histoire – Benjamin Britten et Peter Pears, Gertrude Stein et Alice B. Toklas, Christopher Isherwood et Don Bachardy. Pourquoi étaient-ils toujours occupés à cuisiner ensemble, à se dessiner mutuellement ou à écrire des chansons pour que l'autre les interprète ?

Pourquoi étions-nous les seuls à être comme nous ?

Ce confinement aurait pu être l'occasion de nous comporter en adultes, pour une fois, et de lire enfin avec joie et intérêt les livres préférés l'un de l'autre.

Au lieu de cela, nous lisions encore plus nos propres livres préférés. En matière de culture, il était le Jack Sprat de la comptine, qui ne mange jamais de gras, et moi, j'étais sa femme qui ne mange rien d'autre.

Ce qui me plaît par-dessus tout, c'est quand quelqu'un se moque d'une chose que je prends pour ma part très au sérieux, ou quand une chose que je trouve risible est prise très au sérieux par les autres.

Au début du confinement, je pensais que le fleuve de Los Angeles et tous ses affluents étaient comiques. J'allais bientôt changer d'avis. Arrivé à la moitié du confinement, j'espérais aussi ne plus jamais devoir entendre la moindre note, si note est le mot qui convient, d'un certain morceau de Superpitcher intitulé « Little Raver », très apprécié de H. qui le passait à plein volume.

Je ne sais pas conduire et je ne sais pas cuisiner. Je ne sais pas danser. Je ne sais pas scanner une page ni envoyer une photo par e-mail. Je n'ai jamais de mon plein gré manipulé un aspirateur et je n'ai jamais fait un lit, du moins que je sache.

Difficile de se justifier de tout cela quand on habite chez quelqu'un. Je laissais entendre que ces défauts tenaient à une enfance douloureuse, et quand ça ne marchait pas, j'affirmais sans en avoir la moindre preuve que le désordre faisait partie de la personnalité des penseurs profonds et de ceux qui changent le monde. Marx était brouillon ; Henry James était un sagouin ; il n'existe aucun témoignage que James Joyce ait jamais fait le ménage quelque part, et Rosa Luxemburg était bordélique, pour ne rien dire de Trotsky.

Je m'efforçais pourtant de bien faire. Par exemple, tous les jours, je vidais le lave-vaisselle. Et à quelques reprises dans la journée, je préparais du café pour H.

Mais le jour où il a annoncé qu'il était temps de passer l'aspirateur, j'ai déclaré que cette tâche pouvait attendre un moment où je serais ailleurs, en train de donner un cours ou de prononcer une conférence.

« Lis les journaux, a dit H. Être ailleurs, c'est un truc du passé. »

D'abord, j'ai cru qu'il m'accusait et ensuite, comme son regard français restait fixé sur moi, j'ai perçu la menace.

Quelques instants plus tard, l'aspirateur rugissait à travers la maison.

J'adorais les jours où nous n'avions rien à faire, en sachant que les jours suivants seraient identiques ; j'aimais jouer à ces vieux couples assagis et affables où chacun est capable de finir la phrase de l'autre. Notre seul problème était que nous n'étions d'accord sur rien.

Nous avons été heureux en confinement, plus que nous ne l'étions depuis un moment. Mais j'aurais aimé que nous puissions être heureux du même bonheur simple et content que le romancier et son petit ami, ou que les autres couples gays.

J'ai trouvé un endroit dans le jardin où m'asseoir pour lire. Souvent, je restais dehors pendant que dedans les basses faisaient vibrer les murs. De la house, si on veut. Ou du bruit.

Un jour, en allant chercher quelque chose à l'intérieur, j'ai surpris H. en train d'ôter son disque de la platine. Il ne voulait pas m'embêter avec sa musique, a-t-il dit. Cela m'a désolé, et j'ai essayé de le persuader qu'elle ne me dérangeait pas du tout.

« Pourquoi ne pas la remettre ? » ai-je suggéré.

Pendant une seconde, puis deux, le son m'a fait de l'effet. Mon adolescent intérieur s'est réveillé. C'était le groupe Kraftwerk. J'ai commencé à écouter. J'ai adressé un sourire d'approbation à H. Ça me plaisait presque. Puis j'ai commis l'erreur de me mettre à danser.

Tout ce que je sais de la danse me vient du film *La Fièvre du samedi soir*, que j'ai été voir sous la contrainte en 1978, alors que j'avais la charge d'un groupe d'étudiants espagnols à Dublin. J'ai détesté le film, et je l'ai haï encore plus quand un collègue crypto-sémioticien a tenu à m'en expliquer les ressorts dans un anglais traînant.

À part ce film, je ne connaissais rien à la danse. Au cours des années, il m'était certes arrivé de passer du temps en discothèque, mais j'étais bien plus intéressé par les backrooms, les regards furtifs et l'alcool à flots que par les subtilités de cet art.

Cependant, sous le regard de H., j'ai commencé à remuer mes pieds en rythme et à balancer mes bras.

H. a réprimé une grimace.

Sans bruit, telle une pauvre chose coupable, je me suis faufilé dehors. Je me sentais comme le Mr Jones de la ballade : « Il se passe quelque chose par ici, mais vous ne savez pas quoi, pas vrai, Mr Jones ? »

Je venais de comprendre que ce n'était pas moi qui me moquais de Kraftwerk, comme je l'avais toujours cru, mais Kraftwerk qui se moquait de moi.

« Tu n'es pas assez cool pour nous », me murmurait Kraftwerk.

De retour au jardin et au hamac suspendu à un grenadier, je me suis replongé dans Henry James.

Nous avons commandé des vélos en ligne. Je nous imaginais déjà filant telles des flèches le long de bungalows pantois, dont les occupants recroquevillés espéraient la rédemption en zappant d'une chaîne à l'autre et en se lavant les mains avec un zèle religieux.

J'imaginais qu'ils nous verraient par leurs fenêtres de banlieue descendre la colline en roue libre comme sur la photo d'un vieil album 33-tours.

Les vélos sont arrivés quelques jours plus tôt que prévu. Le seul problème était qu'il fallait commencer par les assembler.

H. s'est plongé dans le manuel. J'ai fait mine de m'éclipser, mais il m'a laissé entendre qu'il allait avoir besoin de moi pour cette tâche herculéenne. J'ai expliqué que j'avais des e-mails urgents à envoyer. Rien à faire. Il a exigé que je prenne un air engagé pendant que, étalé sur le sol, suant et jurant, il demandait à Dieu pourquoi les fabricants lui avaient envoyé des boulons de la mauvaise taille et un nombre insuffisant de vis.

J'imaginais le romancier d'Internet, l'écrivain heureux, en train de se livrer à cette tâche avec son ami. Ensemble, ils découvraient les bons boulons et les bonnes vis et comprenaient, comme c'était mon cas mais non celui de H., que les tiges métalliques dont H. prétendait qu'elles avaient été glissées dans le paquet par erreur servaient en fait à stabiliser les roues avant. J'ai pensé à Benjamin Britten, à Gertrude Stein, à Christopher Isherwood et à leurs partenaires. Eux auraient su prendre un air attentif.

Voyant que H. était à présent fou de rage, non seulement contre les vélos et l'usine qui les avait fabriqués, mais aussi contre moi, d'où émanait au fond toute cette idée de faire de la bicyclette, j'ai décidé qu'il était temps de recourir à la technique qui m'avait servi pour la dernière fois le jour où je n'avais pas su dire à l'école pourquoi x était égal à y.

J'ai pris un air idiot, mais aussi triste et humble ; doux et placide, mais aussi profondément soucieux.

Après beaucoup d'efforts acharnés et de soupirs déchirants, les vélos étaient prêts. Équipés de nos casques et de nos masques, nous voilà partis, et nous avons dévalé la colline avec un mélange de joie triomphale et d'abandon contrôlé, comme deux hommes dans une pub pour savon chic.

Ça faisait des années que je n'étais pas monté sur un vélo. Quelque chose est arrivé à mon pauvre esprit comprimé pendant que ma machine filait jusqu'au bas d'Adelante vers la rue au si beau nom, Easy Street, avant d'aborder Yorke et Marmion Way jusqu'au parc de l'Arroyo Seco. Quand nous n'étions pas en descente, nous étions en terrain plat. Il n'y avait pas de voitures, seulement, sur les trottoirs, quelques piétons masqués à l'air perdu.

Je ne savais pas qu'un affluent du fleuve traversait le parc et qu'une piste cyclable avait été aménagée sur la berge. Difficile d'employer des mots adaptés à ce pseudo-cours d'eau. On l'appelle l'Arroyo Seco, qui signifie « le ruisseau sec », et il est sec en effet, ou relativement sec, et il n'a pas réellement de berge dans la mesure où ce n'est pas réellement un ruisseau ni une rivière.

Los Angeles sera une ville merveilleuse le jour où elle sera terminée.

Malgré les pluies récentes, l'Arroyo Seco, cette fosse de béton grillagée censée rejoindre le fleuve de Los Angeles, ce fleuve au nom grandiose, « L.A. River », n'avait toujours pas d'eau. Le fleuve et son petit affluent étaient en souffrance et appelaient au secours. Voilà ce que j'avais toujours pensé.

Mais en engageant mon vélo sur la piste cyclable, j'ai eu le sentiment de découvrir un fragment de la ville qui m'était toujours resté caché jusque-là. Aucune voiture ne pouvait y accéder. Aucune image de cet étrange et triste spectacle ne serait jamais expédiée aux quatre coins du monde aux accents de : « Venez à Los Angeles ! Venez pédaler au bord d'une rivière ! » Aucune personne saine d'esprit ne songerait à se rendre dans un endroit pareil.

Mais c'était presque beau. Je n'aurais pas dû tourner en dérision le fleuve de Los Angeles.

Pendant que je nourrissais ces pensées profondes et libératrices, H. m'a dépassé à toute allure. En jetant un coup d'œil en arrière, j'ai aperçu, tels deux fantômes, les ombres du romancier et de son compagnon – ceux des posts en ligne et du bonheur. Et, derrière eux, tous les couples homosexuels heureux de l'Histoire approchaient eux aussi en pédalant à qui mieux mieux. Alors j'ai changé de vitesse, redémarré à la suite de H. et accéléré de toutes mes forces pour le rattraper.

NOTES CLINIQUES

LIZ MOORE

traduit de l'anglais (États-Unis) par Santiago Artozqui

12 mars 2020

Fait : Le bébé a de la fièvre.

Preuve : Deux thermomètres donnent une succession de mesures inquiétantes. 39,9. 40,1. 40,4.

Preuve : Le bébé est chaud. Les joues du bébé sont rouges. Le bébé tremble. Le bébé, quand il tète, tète de travers : sa bouche ne se positionne pas correctement, ses lèvres sont molles, ses mains et ses bras flasques. Le bébé ne pleure pas, il miaule.

Fait : Les bébés ont souvent de la fièvre.

Preuve : Les deux bébés du foyer ont régulièrement eu de la fièvre au cours de la période où ils ont résidé dans le foyer. Trois ans et neuf mois, c'est la durée pendant laquelle les bébés ont résidé dans le foyer.

Croyance : Le bébé âgé de 3,75 ans n'a pas la fièvre.

Preuve : Le front du bébé âgé de 3,75 ans est froid.

Méthodologie : La mère du bébé âgé de 3,75 ans entre sur la pointe des pieds dans sa chambre, en retenant son souffle, en évitant certaines lattes du plancher, en approchant ses lèvres de la peau du bébé, les lèvres étant le meilleur détecteur de fièvre du corps humain.

Question : Quelle mesure donnée par le thermomètre entraîne nécessairement une visite au centre d'urgences pédiatriques ?

Processus de recherche : Les parents du bébé effectuent des recherches sur Internet en utilisant les syntagmes suivants :

Pédiatrie température accueil urgences
Fièvre 40,4 Urgences

Réponse : Internet renvoie deux conseils contradictoires.

A. *Allez-y tout de suite.*
B. *Donnez-lui du Tylenol ; appelez un médecin.*

Réaction : Les parents du bébé se dévisagent silencieusement pendant six secondes et considèrent davantage de faits.

Fait : Il y a une nouvelle maladie dans le monde.

Fait : Elle a pénétré la population humaine.

Fait : Hier, on a notifié au père du bébé que trois de ses collègues ont attrapé cette maladie.

Constat : Le timing n'a pas l'air bon.

Réfutation : Les bébés ont de la fièvre. Les bébés ont fréquemment de la fièvre. Le bébé ne présente aucun autre symptôme que la fièvre. La plupart des fièvres chez les bébés ne sont pas provoquées par des virus ayant récemment pénétré la population humaine. Les trois autres membres de la famille ne présentent, pour l'instant, aucun symptôme.

Inconnues : Infectiosité du virus. Évolution de la maladie. Durée entre l'exposition et la manifestation des symptômes. Expression caractéristique de la maladie chez les adultes et les enfants. Effets à court et long terme sur ces deux populations. Trajectoire caractéristique. Létalité.

Déclaration : « Il y a beaucoup d'inconnues, là », dit la mère du bébé.

Considérations : Il est 1 h 45 du matin. La sœur du bébé dort. Un parent devrait conduire le bébé à l'hôpital pour enfants, tout seul. L'autre parent devrait…

Interruption : Le bébé vomit. La régurgitation est nonchalante et non violente. Une bouche qui s'ouvre avec un air d'ennui. L'expulsion du contenu de l'estomac du bébé. Après avoir vomi, le bébé est affaibli. Le bébé s'endort.

Considérations (suite) : … rester à la maison avec la sœur du bébé.

Autres considérations : Est-il plus risqué d'emmener ce bébé dans l'enceinte de l'hôpital que de le surveiller à la maison ? Si l'affection du bébé n'est pas cette nouvelle maladie, le bébé ou ses parents pourraient-ils contracter la nouvelle maladie dans l'enceinte de l'hôpital ?

Décision : Les parents du bébé choisissent l'option B. Du Tylenol infantile est administré. À 1 h 50, un médecin est appelé.

Erratum : Ce n'est pas le médecin. C'est le service de messagerie. Le médecin rappellera.

Interlude : Les parents nettoient le sol. Ils baissent les lumières dans le salon. Le père s'allonge sur le canapé, le bébé sur sa poitrine. Le père remarque la chaleur du corps du bébé, improbable, la chaleur d'une bouilloire, d'un moteur. De la chaleur due à un travail, à une dépense d'énergie, le travail d'un petit corps tout neuf qui part en guerre. Le père se souvient des premiers jours du bébé, il se rappelle les paupières enflées qui s'ouvraient et se refermaient avec un véritable effort, les mouvements subaquatiques des doigts, il songe que les corps des nouveau-nés sont bâtis comme des boucliers, leur torse un triangle à l'envers, leurs membres fragiles. Cette pensée le rassure. Ils sont conçus pour la survie, se dit le père – une affirmation. Le bébé a dix mois, à présent. Le bébé a grandi. Son corps est potelé, son poids, sur la poitrine de son père, à la fois réconfortant et alarmant, est un rappel de tout ce qui a été investi dans le corps du bébé (207 litres de lait issus du corps de sa mère, 722 framboises, 13,6 kg de yaourt, 120 bananes, 84 petits morceaux de fromage, 15 paquets d'aliments légers comme l'air, appelés « bouchées au yogourt », que le bébé aime beaucoup, le bout de cake qu'il a goûté une fois quand sa sœur le lui a donné en douce), et à part tout ce qui a été physiquement investi dans le corps de ce bébé, il y a aussi le fait qu'ils ont de l'amour pour lui. Pour son rire. Pour la gueule qui lui sert de bouche, les trois dents qu'il a poussées, comment il a appris à faire un bisou au cours de la semaine précédente, comment ce bisou est déposé sur la joue de son récipiendaire, la bouche ouverte – et la main du bébé, que le père touche à présent, et que le bébé vient d'apprendre à agiter. La mère est assise sur une chaise, elle les regarde. Elle regarde son téléphone. Elle attend le coup de fil du médecin. Par trois fois, elle vérifie que son téléphone n'est pas sur silencieux.

Observation : Une heure s'écoule. La maison est calme. Peut-être, songe la mère du bébé, que tout va…

> **Interruption :** Le bébé vomit. Sur la poitrine du père. Le canapé. Le tapis. Le bébé redresse la tête pour observer ce qu'il a fait. Il la repose aussitôt dans la flaque de liquide qui vient de sortir de son corps. Il se rendort.

Pause.

Ordre : « Prends-le », dit doucement le père du bébé. « Prends-le. »

Conséquences : La mère du bébé prend le bébé. Elle le lave. Le père du bébé nettoie sa chemise, le canapé, le tapis, ses cheveux. Il redemande le bébé.

Question : « Quelle heure est-il ? » demande le père du bébé.

Réponse : Il est 3 h 02.

Question : « Qu'est-ce qui se passe avec ce putain de coup de fil ? » demande le père du bébé.

Décision : La mère, la pourvoyeuse de lait, va emmener le bébé à l'hôpital. Le père tient le bébé, tout juste changé, endormi, qui sent encore la bile. La mère prépare un sac.

Liste : Dans le sac elle place six couches, un paquet de lingettes, deux tenues de rechange, deux bavoirs – « prends-en davantage », dit le père en songeant au vomi –, un tire-lait manuel, deux biberons de lait maternel – au cas où ils seraient séparés –, une poche de glace, un petit sac isotherme, de l'eau pour la mère, un mélange de graines et de fruits secs pour la mère, un chargeur pour le téléphone de la mère. Le téléphone de la mère. Son portefeuille. Ses clés, qui tombent par terre avec un bruit métallique.

Interruption : Le bébé rit.

Question : « Il vient de rire, là ? » demande la mère.

Réponse : C'est ce qu'il a fait. Le bébé a redressé la tête. Il tend la main, paume ouverte, vers les clés sur le sol. Je veux. Le bébé sourit.

Observation : Le bébé a le regard vif. Le bébé a un meilleur teint. Le bébé balaye la pièce des yeux en faisant des sons avec sa bouche. « Ohwaouh, ohwaouh, ohwaouh », psalmodie le bébé avec une expression d'émerveillement. Ses premiers mots, qu'il a appris récemment.

Déduction : « Il va mieux », dit la mère. « Reprenons sa température », dit le père.

Résultat : 38,4.

Suggestion : « On pourrait peut-être... », dit le père.

Interruption : Le téléphone sonne. Le médecin.

Conseil : « Elle dit qu'on peut attendre jusqu'à demain matin », indique la mère.

Observation : Le bébé se frotte les yeux. Le bébé a l'air fatigué.

Décision : Les parents du bébé le déshabillent, ne lui laissant que sa couche. Ils le glissent dans un sac de couchage décoré de motifs roses, hérité de sa sœur. Son peignoir, comme l'appelle la mère en se rappelant celui de sa grand-mère, en se rappelant les friandises que sa grand-mère fourrait dans ses poches, en se rappelant les longs pieds délicats de sa grand-mère et la façon qu'elle avait de poser la main sur le dos de la mère quand celle-ci était malade, et la fois où elle était venue pour rester avec la mère quand elle-même, enfant, avait eu la varicelle, et où elle avait regardé *La Mélodie du bonheur* avec elle encore et encore, sans jamais se plaindre ni faire mine de s'ennuyer. Et cette pensée l'émeut. Tous ces ancêtres, toute cette tendresse donnée enfant après enfant, le dernier étant celui-ci – le bébé qu'elle tient dans ses bras.

Tout en se souvenant, elle allaite le bébé jusqu'à ce qu'il s'endorme, se crispant à chaque pause dans ses efforts, s'attendant à ce qu'il soit de nouveau malade.

Il n'est plus malade. Pour l'instant, la mère va le coucher dans son berceau, dans son peignoir rose, elle va le regarder dormir, elle va se pencher et poser une main sur son front, vérifier encore et encore. Chaud mais pas brûlant, se dit-elle – bien que, sans le thermomètre, elle ne puisse pas en être certaine. Elle se couche sur le sol, à côté du bébé. Regarde le bébé. Le bébé respire. Le bébé respire. Un rai de lumière et des ombres mêlées sur le visage du bébé. À travers les lattes du berceau, elle touche d'un doigt la peau du bébé. Chaude mais pas brûlante. Chaude mais pas brûlante, songe-t-elle – une mélopée, une prière – bien qu'elle ne puisse pas en être sûre.

L'ÉQUIPE

TOMMY ORANGE

traduit de l'anglais (États-Unis) par Stéphane Roques

Tu ne savais même plus depuis combien de temps tu fixais le mur dans ton bureau. Le temps te glissait entre les doigts, récemment, comme s'il se cachait derrière un rideau, puis réapparaissait sous une autre forme, ici celle d'une immersion chronophage sur la Toile ; là d'une courte sortie dans ta rue, que tu t'obstinais à qualifier de promenade avec ta femme et ton fils ; ici d'un livre que tu parcours des yeux sans arriver à te concentrer ; là d'une dépression paralysante, ici de l'observation d'urubus à tête rouge qui tournent en cercle, là de ton angoisse qui ne demande qu'à surgir, ici d'un appel manqué sur Zoom, là d'une aide aux devoirs de ton fils, ici d'avril et mai qui sont déjà passés, là de l'obsession pour le décompte des morts, ces chiffres sans nom qui enflent sur d'interminables graphiques animés. Le temps ne jouait pas pour toi, ne jouait pour personne, il rêvait à son propre gaspillage avec toi, comme toi, aussi caché et bruyant que le soleil derrière un nuage.

Tu pensais à la dernière fois que tu étais sorti dans un lieu public. En dehors du supermarché où tu faisais tes courses hebdomadaires, masqué et affolé, ou de la boîte postale, d'où tu ressortais à la hâte, tes colis de produits non essentiels entassés en équilibre précaire dans les bras, conservant autant que possible tes distances avec tous ceux que tu voyais, surtout après avoir écouté un podcast qui t'avait familiarisé avec le concept répugnant de projection des microgouttelettes de salive. Tu n'oses même plus croiser le regard des gens, tant la propagation te fait peur.

Le dernier événement public de type rassemblement de masse auquel tu aies participé, c'est quand tu as couru ton premier semi-marathon. Elle est là, ta médaille, dans ton bureau, accrochée comme une tête de cerf empaillée. Un semi-marathon, ça n'a pas l'air de grand-chose, ce n'est qu'une moitié, mais pour toi ce n'était pas rien de courir vingt et un kilomètres sans t'arrêter. Quand tu as commencé à t'entraîner, tu as même payé pour rejoindre une équipe de coureurs qui t'ont gonflé à bloc en t'expliquant à quel point c'était épuisant. Tu as psalmodié des mantras, écouté tes chefs d'équipe vitupérer sur leurs temps de passage, les aliments de qualité supérieure et les sources d'énergie qu'ils portaient à leur ceinture dans des sachets plastique. Tu détestais t'entraîner avec l'équipe, tu as donc abandonné et tu t'es mis à considérer ton corps, ta santé, tes habitudes et la playlist que tu écoutais comme l'Équipe. Tu t'es levé tôt pour aller courir, allant parfois jusqu'à faire plus d'une séance par jour. Tu as tenu les objectifs de distance que tu t'étais fixés, et respecté le régime alimentaire prescrit par l'app que tu avais téléchargée pour t'entraîner – on peut dire que l'app aussi faisait partie de l'Équipe. L'Équipe a tenu les promesses qu'elle s'était faites. L'Équipe t'a permis d'entretenir ton cœur, ta capacité respiratoire et ta détermination à atteindre l'objectif que tu t'étais assigné pour des raisons dont tu ne te souviens même plus.

La course existe sans doute depuis que l'homme a des jambes, et toi-même la pratiquais depuis un bon moment, surtout pour chasser les kilos en trop qui ne manquent pas de poindre avec l'âge, mais courir en compétition, c'était nouveau, courir une distance précise, en un temps précis, franchir la ligne d'arrivée, tu avais pris là un engagement étrange, une responsabilité, tu avais un objectif à atteindre. La course, avant l'époque moderne, c'était du sérieux ; on courait par nécessité, pour fuir ou s'approcher de quelque chose, chasser ou être chassé, remettre un message urgent. Le premier marathon officiel a eu lieu aux Jeux olympiques de 1896 et a été remporté par un postier grec. La longueur de la course était un hommage à la légende grecque du coureur qui avait apporté un message annonçant la victoire et qui s'était effondré mort, comme foudroyé sur place. Les exemples de courses ancestrales sont innombrables – les Indiens ont sans doute couru sur toutes les terres d'Amérique avant que Cortés n'introduise en 1519 les chevaux ibères en Floride –, pourtant tu es frappé par l'image de l'Indien à dos de cheval, et alors même que cette image devrait symboliser la faculté d'adaptation des Amérindiens, elle se substitue dans ton esprit à celle de l'Indien statique et mort. Tu as toujours su que cette image reflétait un aspect à la fois vrai et faux de ta personne, une sorte de vérité du centaure, parce que ton père est un Amérindien, un Cheyenne, et que ta mère est blanche, et que tous deux étaient des coureurs, ce qui explique pourquoi tu as eu envie de courir, mais en dehors du côté ancestral de la course, de l'héritage familial et des demi-vérités, il n'y a aucun moyen de savoir avec certitude dans quel type d'activités humaines la course est impliquée depuis que l'homme a des jambes.

Après la course, tu es reparti à la montagne où tu as déménagé quand Oakland est devenu trop cher pour toi il y a cinq ans. Tu es retourné à l'isolement, et tu t'es globalement protégé du risque pris par ceux qui vivaient dans la promiscuité, en ville. Mais, après la course, tu as cessé de courir. Le monde s'est brusquement arrêté, comme tes bonnes dispositions à l'égard du fait que l'entreprise en valait la peine, avait justifié les efforts fournis. Quand les vieux monstres blancs tout là-haut vous ont jeté des miettes et ont fait bombance au grand festin du plan de soutien, tu as éprouvé le besoin urgent de tout arrêter et tu as regardé le monde brûler, perdre son souffle. Avec tous ces présentateurs qui passaient leur temps à blablater, le plus souvent pour ne rien dire, on ne pouvait rien faire d'autre que regarder, et c'est tout ce que tu as fait, tout ce que tu as senti pouvoir faire, te donnant l'impression de faire quelque chose, même si cela consistait à ne rien faire, à regarder, écouter, lire le journal comme s'il renfermait quelque chose de nouveau et non de nouveaux décès, et tu as eu beau te dire que toutes ces morts allaient faire souffrir les vieux monstres blancs, il n'en a rien été, car en définitive ce sont encore les mêmes qui ont souffert au profit des porcs qui ont eu plus que leur part du gâteau – un vulgaire brouet pour eux qui n'en avaient nul besoin –, leur degré d'avidité dépassant tellement leurs besoins que c'en était inconcevable. Tout ça au nom de la liberté. C'est ce qu'on nous avait appris à l'école, c'était dans les manuels, la sainteté du marché libre, de la Constitution et de la Déclaration d'indépendance, qui qualifiaient et continuent de qualifier les Indiens d'impitoyables sauvages.

La nouvelle Équipe, c'était ta famille, celle qui est à la maison avec toi, désormais. C'était ta femme et ton fils, ta belle-sœur et ses deux filles adolescentes. C'était l'isolement lui-même, et ta façon de vivre avec ou contre. La nouvelle Équipe n'impliquait pas de courir ; elle impliquait de prévoir les repas ensemble et de partager les nouvelles du monde extérieur qu'on lisait et entendait du fond de notre existence insulaire, sous nos casques bluetooth Extra Bass. La nouvelle Équipe, c'était le nouvel avenir, qui restait à déterminer et semblait dépendre de communautés d'individus dont on ne savait même pas si elles croyaient au nombre de vies perdues et si elles se sentaient concernées. Ta nouvelle Équipe se composait de travailleurs en première ligne qui scannaient tes courses et livraient tes colis. Elle se composait de ta vieille famille, celle dont les membres étaient séparés depuis si longtemps qu'il semblait absurde d'imaginer pouvoir les rabibocher. Vous aviez appris le cheyenne ensemble, avec ton père. C'était sa langue maternelle, et ta sœur le parlait couramment, et on avait l'impression que tout le monde ferait bien de se mettre à apprendre une nouvelle langue, vu qu'on avait perdu le fil de la vérité, à l'époque où tu pensais encore croire à un semblant d'espoir. Était-ce avant Obama, ou pendant Obama, ou après Obama, c'était un moment clé pour comprendre où tu en étais, ce que tu comprenais de l'avenir du pays, à quel drapeau tu t'identifiais, et ce que cela signifiait de voir que les Blancs seraient bientôt minoritaires – peu importe l'espoir, peu importe la prospérité, allais-tu survivre ? Non, tu ne courais plus, et ça se voyait, tu ne te douchais plus qu'une fois par semaine, ne prenais plus soin de tes dents. Tu buvais trop et fumais plus que jamais. Tu irais mieux quand les choses iraient mieux, quand tu percevrais une lueur d'espoir aux informations ; tu regardes, quelque chose va arriver, un remède, une baisse des chiffres, un médicament miracle, des anticorps, quelque chose, n'importe quoi.

Tu retournes à ton mur, tu le fixes du regard, incapable de faire autre chose. Le travail d'Équipe dans ce monde entièrement nouveau, ça consiste à ça, pour tous ceux qui ne sont pas directement affectés : à regarder et attendre, à ne pas bouger ; un marathon, cet isolement, mais pour l'Équipe, les humains, c'est la seule façon de gagner cette course de malheur.

LA PIERRE

Leïla Slimani

Un soir de septembre, alors qu'il donnait une conférence sur son dernier roman, l'écrivain Robert Broussard reçut une pierre en plein visage. Au moment où la pierre s'envolait dans les airs, le romancier achevait le récit d'une anecdote mille fois racontée déjà et dont il maîtrisait l'effet. Il y était question de Tolstoï et de son surnom de « gros dégoûtant ». L'assistance avait ri, un petit rire froid, qui avait déçu Robert Broussard. Il s'était alors penché vers le verre d'eau posé sur la table et c'est sur son profil gauche que vint frapper la pierre. La journaliste qui l'interviewait poussa un cri qui fut bientôt suivi des hurlements apeurés du public. Dans un mouvement de panique, la salle se vida. Broussard gisait seul sur la scène, inconscient, le front ouvert.

Quand il retrouva ses esprits, Robert Broussard était étendu sur un lit d'hôpital, la moitié du visage bandé. Il n'avait mal nulle part. Il flottait et il aurait voulu que cette sensation de légèreté ne prenne jamais fin. Romancier à succès, sa réputation littéraire était inversement proportionnelle à ses chiffres de ventes. Ignoré par la presse, il était méprisé par ses pairs, qui ricanaient à l'idée que Broussard se dise écrivain. Il avait pourtant derrière lui une œuvre abondante, qui faisait la joie d'un public essentiellement féminin. Dans ses livres, Broussard ne s'occupait ni de religion, ni de politique. Il n'avait d'avis tranché sur rien. Il n'abordait pas la question du genre ni celle de la race et il se tenait à distance des polémiques du moment. Qu'on puisse s'en prendre à lui avait de quoi surprendre.

Un officier de police l'interrogea. Il voulut savoir si Broussard avait des ennemis. Avait-il contracté des dettes ? Entretenait-il une relation avec la femme d'un autre ? Les femmes, justement. En fréquentait-il ? Et de quelle sorte ? Une femme jalouse ou éconduite aurait-elle pu se glisser dans le public ? À toutes ces questions, Robert Broussard répondit en remuant la tête. Il menait une vie tranquille, sans histoires. Il n'avait jamais été marié et passait l'essentiel de son temps à sa table de travail. Il dînait parfois avec des amis de trente ans et, le dimanche, il déjeunait chez sa mère. « Rien de palpitant », conclut-il. L'inspecteur ferma son carnet et sortit.

Broussard faisait désormais les gros titres de la presse. Tous les journalistes du pays se disputaient pour obtenir de lui une interview exclusive. Broussard était un héros. Pour les uns, il était la victime d'un militant d'extrême droite, pour d'autres, il avait essuyé les foudres des islamistes. Certains pensèrent qu'un célibataire aigri s'était glissé dans la salle, désireux de se venger d'un homme qui avait construit sa notoriété sur le mythe de l'amour. Anton Ramowich, célèbre critique littéraire, publia un article de cinq pages sur le travail de Broussard, qu'il avait jusque-là dédaigné. Ramowich crut découvrir, entre les lignes des romans à l'eau de rose, une critique acerbe de la société de consommation et une analyse pointue des clivages sociaux. « Broussard dérange », concluait-il.

À sa sortie de l'hôpital, Broussard fut convoqué à l'Élysée, où le président de la République le traita en héros de guerre. « La France vous remercie, lui dit-il. La

France est fière de vous. » Un officier de sécurité chargé de sa protection arriva un matin, visita l'appartement de Broussard et décida de faire coller du papier opaque sur les vitres et de changer la place de l'interphone. C'était un homme trapu, au crâne rasé et luisant, qui raconta au romancier qu'il avait protégé pendant deux mois un pamphlétaire néonazi qui le traitait comme son domestique et l'envoyait chercher son linge au pressing.

Dans les semaines qui suivirent, Broussard fut invité sur des dizaines de plateaux de télévision, où les maquilleuses prenaient soin de mettre en valeur la balafre qui le défigurait. À ceux qui lui demandaient s'il voyait dans son agression une attaque contre la liberté d'expression, il répondait avec une mollesse que l'on prit pour de la modestie. Pour la première fois de son existence, Robert Broussard se sentait aimé de tous, mieux, il était respecté. Quand il entrait dans une pièce, avec son œil poché, son visage de soldat touché par un éclat d'obus, un silence se faisait autour de lui. Son éditeur lui mettait la main sur l'épaule, fier comme un éleveur qui fait parader sa bête.

Au bout de quelques mois, la police classa l'affaire sans avoir pu identifier le coupable. Sur les réseaux sociaux, on se passionna pour ce criminel anonyme. Un journaliste anarchiste, qui devait sa réputation à la divulgation de sex-tapes d'hommes politiques, érigea l'agresseur au rang d'icône des invisibles et des oubliés. Le lanceur de pierre annonçait une révolution. Il avait osé attaquer Broussard et à travers lui l'argent facile, le succès, les médias aux ordres et les hommes blancs de plus de cinquante ans.

L'étoile du romancier pâlit. On cessa de l'inviter à la télévision. Son éditeur lui conseilla de se faire discret et remit à plus tard la parution de son nouveau roman. Broussard reprit sa vie tranquille et solitaire.

Un dimanche, alors qu'il venait de déjeuner chez sa mère, il décida de rentrer chez lui à pied. Sur le chemin, il pensa au livre qu'il voudrait écrire et qui résoudrait tout. Un livre qui mettrait des mots sur la confusion de l'époque, qui dirait qui était le vrai Broussard. Il pensait à cela quand une pierre le frappa. Il ne vit pas d'où venaient les coups, il n'eut pas le temps de mettre ses mains devant son visage et il s'écroula, en pleine rue, sous une pluie de cailloux.

IMPATIENTE GRISELDA

MARGARET ATWOOD

traduit de l'anglais (États-Unis) par Santiago Artozqui

Tout le monde a bien son doudou ? On a essayé de vous fournir les bonnes tailles. À mon grand regret, ce ne sont pour certains que des gants de toilette – on s'est retrouvés à court.

Et vos encas ? Je regrette qu'on n'ait pas pu les faire cuire, comme vous dites, mais les aliments sont plus complets sans cette cuisson que vous pratiquez. Si vous mettez la totalité de vos encas dans votre appareil d'ingestion – votre bouche, comme vous dites –, le sang ne coulera pas par terre. C'est comme ça qu'on fait chez nous.

Je regrette que nous n'ayons aucun encas du type que vous appelez végan. Nous ne sommes pas parvenus à interpréter ce mot-là.

Vous n'êtes pas obligés de manger si vous n'en avez pas envie.

S'il vous plaît, cessez de murmurer, à l'arrière. Et arrêtez de geindre, et sortez votre pouce de votre bouche, Monsieur-Madame. Vous devez donner l'exemple aux enfants.

Non, vous n'êtes pas les enfants, Madame-Monsieur. Vous avez quarante-deux ans. Chez nous, vous seriez les enfants, mais vous n'êtes ni de notre planète ni même de notre galaxie. Merci, Monsieur ou Madame.

J'emploie les deux parce que, très franchement, je ne perçois pas la différence. Nous n'avons pas ce genre d'arrangements limités sur notre planète.

Oui, je sais que je ressemble à ce que vous appelez une pieuvre, jeune petite entité. J'ai vu des photos de ces êtres amicaux. Si mon apparence vous perturbe vraiment, vous pouvez fermer les yeux. Cela vous permettrait de mieux prêter attention à l'histoire, de toute façon.

Non, vous ne pouvez pas sortir de la salle de quarantaine. Dehors, l'épidémie fait rage. Ce serait trop dangereux pour vous, même si ça ne le serait pas pour moi. Nous n'avons pas ce type de microbe sur notre planète.

À mon grand regret, il n'y a pas l'appareil que vous appelez « toilettes ». Pour notre part, nous utilisons la totalité des aliments ingérés en tant que carburant, et nous n'avons donc pas besoin de tels réceptacles. Nous vous avons commandé un de ces appareils que vous appelez « toilettes », mais on nous a répondu qu'il y avait des pénuries. Vous pourriez essayer par la fenêtre. C'est très haut, alors s'il vous plaît ne tentez pas de sauter.

Ce n'est pas drôle pour moi non plus, Madame-Monsieur. On m'a envoyé ici dans le cadre d'un programme d'aide intergalactique. Je n'avais pas le choix, je ne suis qu'un simple comédien et j'ai donc un statut très bas. Et l'appareil de traduction simultanée qu'on m'a fourni n'est pas de la meilleure qualité. Comme nous l'avons déjà constaté ensemble, vous ne comprenez pas mes blagues. Mais comme vous dites, faute d'oiseaux migrateurs au plumage tacheté, on mange des oiseaux noirs.

Bon. L'histoire.

On m'a demandé de vous raconter une histoire, alors maintenant, je vais vous en raconter une. C'est une ancienne histoire de la Terre, d'après ce que j'ai compris. Elle s'intitule « Impatiente Griselda ».

Il était une fois des sœurs jumelles. Elles étaient d'un statut inférieur. Elles s'appelaient Patiente Griselda et Impatiente Griselda. Elles étaient d'apparence agréable. C'étaient des Mesdames et non pas des Messieurs. On les avait surnommées Pat et Imp. Griselda était ce qu'on appelle leur nom de famille.

Excusez-moi, Monsieur-Madame ? Monsieur, vous dites ? Oui ?

Non, il n'y en avait pas qu'une seule. Il y en avait deux. Qui raconte cette histoire ? Moi. Alors, il y en avait deux.

Un jour, une personne riche de statut supérieur, qui était un Monsieur et une chose qu'on appelle un duc, se présenta juché sur un… il se présenta juché sur un… si vous avez assez de jambes, vous n'êtes pas obligé de vous jucher, mais Monsieur n'avait que deux jambes, comme vous tous. Il vit Pat en train d'arroser le… quelque chose devant le taudis dans lequel elle vivait, et il dit :

« Viens avec moi, Pat. Les gens m'affirment que je dois me marier afin de pouvoir copuler en toute légitimité et fabriquer un petit duc. »

Il n'était pas en mesure de se contenter d'expulser un pseudopode, voyez-vous ?

Un pseudopode, Madame. Ou Monsieur. Vous savez sûrement ce que c'est ! Vous êtes un adulte !

Je vous expliquerai ça plus tard.

« Pat, je sais que tu es d'un statut inférieur, dit le duc, mais c'est pour ça que je souhaite t'épouser plutôt que quelqu'un d'un statut supérieur. Une Madame d'un statut supérieur aurait des idées, mais toi tu n'en as pas. Je peux te mener à la baguette et t'humilier autant que je veux, et tu te sentiras si insignifiante que tu ne diras même pas bouh. Ou bouhou. Ou quoi que ce soit d'autre. Et si tu te refuses à moi, je te ferai couper la tête. »

C'était très inquiétant, alors Patiente Griselda répondit oui, et le duc la hissa sur son… excusez-moi, on n'a pas de mot pour ça, alors l'appareil de traduction n'est d'aucune aide. Sur son encas. Pourquoi est-ce que vous riez tous ? Que croyez-vous que font les encas avant de devenir des encas ?

Je vais continuer de raconter l'histoire, mais je vous conseille de ne pas m'irriter outre mesure. Parfois, je peux me mettre en crolère. Ça signifie que quand j'ai les crocs, je suis en colère, ou que la colère me donne les crocs. L'un ou l'autre. Nous avons un mot pour ça dans notre langue.

Alors, tandis que le duc serrait fortement le séduisant abdomen de Patiente Griselda pour qu'elle ne tombe pas de son… pour qu'elle ne tombe pas, ils s'éloignèrent en direction de son palais.

Cachée derrière la porte, Impatiente Griselda avait tout entendu. Ce duc est une personne horrible, se dit-elle. Et il s'apprête à se comporter très mal avec Patiente, ma bien-aimée sœur jumelle. Je vais me déguiser en jeune Monsieur et me faire embaucher dans la grande salle de préparation de nourriture du duc pour pouvoir surveiller les choses de près.

Alors Impatiente Griselda travailla au poste que vous appelez souillon dans la grande salle de préparation de nourriture, où elle ou il fut témoin de toute sorte de gâchis – les fourrures et les pieds étaient tout bonnement mis à la poubelle, vous imaginez ça ? Et les os, une fois bouillis, étaient également jetés. Mais il ou elle entendit aussi toutes sortes de ragots. La plupart des ragots concernaient les mauvais traitements que le duc infligeait à sa nouvelle duchesse. Il était grossier avec elle en public, il l'obligeait à porter des vêtements qui ne lui allaient pas, la frappait tout le temps et lui disait que toutes les mauvaises choses qu'il lui infligeait étaient de sa faute à elle. Mais jamais Patiente ne dit bouh.

Impatiente Griselda était à la fois consternée et en colère quand elle apprit cela. Un jour, elle ou il s'arrangea pour croiser Patiente Griselda, qui broyait du noir dans le jardin, et lui révéla sa véritable identité. Les deux sœurs se livrèrent à un geste d'affection avec leur corps, puis Impatiente déclara :

« Comment peux-tu le laisser te traiter ainsi ?

– Il vaut mieux voir le réceptacle à liquide à moitié plein qu'à moitié vide, répondit Pat. J'ai deux magnifiques pseudopodes. Et de toute façon, il éprouve ma patience.

– En d'autres termes, il voit jusqu'où il peut aller », conclut Imp.

Pat soupira.

« Est-ce que j'ai le choix ? Il n'hésiterait pas à me tuer si je lui fournissais un prétexte. Si je dis bouh, il me coupera la tête. Il a un couteau.

– Ça, c'est ce qu'on verra, rétorqua Imp. Il y a beaucoup de couteaux dans la salle de préparation de nourriture, et à présent, j'ai une longue pratique de leur usage. Demande au duc s'il te ferait l'honneur de t'accompagner pour une promenade dans ce jardin, ce soir.

– Ça me fait peur, répondit Pat. Il pourrait considérer que cette demande, c'est comme si je disais bouh.

– Dans ce cas, échangeons nos tenues, proposa Imp, et je m'en occuperai moi-même. »

Alors Imp enfila la robe de la duchesse et Pat mit les habits du souillon, puis chacune retourna à sa place dans le palais.

Pendant le dîner, le duc annonça à la fausse Pat qu'il avait tué ses deux magnifiques pseudopodes, ce à quoi celle-ci ne répondit rien. De toute façon, elle savait qu'il bluffait, parce qu'elle avait entendu une autre souillon raconter que les pseudopodes avaient été évacués vers un endroit sûr. Ceux qui travaillaient dans la salle de préparation de nourriture étaient toujours au courant de tout.

Le duc ajouta que, le lendemain, il allait chasser Patiente du palais à coups de pied, et toute nue – on n'a pas cette histoire de nu sur notre planète, mais ici, d'après ce que je comprends, il est honteux d'être vu en public sans vêtements. Il déclara qu'il avait l'intention, une fois que tout le monde se serait moqué de Patiente et l'aurait copieusement lapidée avec des morceaux d'encas putréfiés, d'épouser une autre personne plus jeune et plus jolie que Pat.

« Comme vous voudrez, monseigneur, répondit la fausse Patiente. Mais, d'abord, j'ai une surprise pour vous. »

Le duc fut déjà étonné par le simple fait de l'entendre parler.

« Vraiment ? dit-il en recourbant ses antennes faciales.

– Oui, ô admirable Monsieur à l'immuable sagesse, répondit Imp avec un timbre de voix qui semblait un prélude à l'excrétion d'un pseudopode. C'est un cadeau spécialement pour vous, en remerciement de vos grands bienfaits pendant notre trop brève, hélas, période de cohabitation. S'il vous plaît, faites-moi l'honneur de me rejoindre dans le jardin ce soir, afin que nous puissions une dernière fois nous consoler sur l'oreiller avant que je sois privée à jamais de votre présence solaire. »

Le duc trouva cette proposition à la fois osée et piquante.

Piquante. C'est un de vos mots. Ça veut dire planter une brochette dans quelque chose. Je suis désolé de ne pas pouvoir fournir d'explications supplémentaires. C'est un mot de la Terre, après tout, pas un mot de ma langue. Il faudra demander autour de vous.

« C'est une proposition osée et piquante, dit le duc. J'ai toujours pensé que tu étais une serpillière et un paillasson, mais, à présent, il semble que sous ton visage blafard tu es une traînée, une gourgandine, une pétasse, une poufiasse, une salope, une garce et une putain. »

Oui, Madame-Monsieur, il y a effectivement beaucoup de mots comme ça dans votre langue.

« Je suis d'accord, monseigneur, répondit Imp. Jamais je n'oserais vous contredire.

– Je te verrai dans le jardin après le coucher du soleil », déclara le duc.

Ça allait être plus marrant que d'habitude, songea-t-il. Cette soi-disant épouse allait peut-être montrer un peu d'entrain, pour changer, au lieu de rester allongée là comme une planche.

Imp retourna trouver le souillon, c'est-à-dire Pat. Ensemble, elles choisirent un couteau long et acéré. Imp le glissa dans la manche de sa robe en brocart, et Pat alla se cacher derrière un buisson.

« Bienvenue au clair de la lune, monseigneur », dit Imp quand le duc apparut dans la pénombre.

Il était déjà en train de déboutonner cette partie de vêtement derrière laquelle ses organes du plaisir étaient généralement dissimulés. Je n'ai pas très bien compris ce passage dans l'histoire, parce que, sur notre planète, les organes du plaisir sont situés derrière l'oreille et toujours visibles. Ça rend les choses beaucoup plus simples, car nous pouvons constater par nous-mêmes si une attirance a été générée et si elle est réciproque.

« Enlève ta robe ou je l'arrache, putain, dit le duc.

– Avec plaisir, monseigneur », répondit Imp.

Elle s'approcha de lui avec un sourire, tira le couteau de sa manche richement ouvragée et lui coupa la gorge, comme elle avait coupé celle de nombreux encas dans le cadre de son travail de souillon. Il émit à peine un grognement. Ensuite, les deux sœurs se livrèrent à un acte d'affection avec leur corps, puis elles mangèrent le duc en entier – les os, les robes de brocart, le tout.

Excusez-moi ? Qu'est-ce que ça veut dire, MDR ? À mon grand regret, je ne comprends pas.

Oui, Madame-Monsieur, j'admets qu'il s'agit d'un passage interculturel. Je me disais simplement que c'est ce que j'aurais fait à leur place. Mais l'art de la narration nous aide à nous comprendre les uns les autres, et à franchir le gouffre social, historique et évolutionnaire entre nous, vous ne croyez pas ?

Par la suite, les sœurs jumelles localisèrent les deux magnifiques pseudopodes, des retrouvailles joyeuses eurent lieu et tout le monde vécut au palais dans le bonheur. Quelques membres soupçonneux de la famille du duc vinrent fureter un peu partout, mais les sœurs les mangèrent aussi.

Fin.

Parlez plus fort, Monsieur-Madame. Vous n'avez pas aimé la fin ? Ce n'est pas la fin habituelle ? Mais, alors, quelle fin préférez-vous ?

Oh. Non, je pense que cette fin-là est celle d'une autre histoire. Qui ne m'intéresse pas. Je la raconterais très mal. Mais j'ai très bien raconté celle-ci, je crois – assez bien pour retenir votre attention, vous l'admettrez.

Vous avez même cessé de gémir. C'est aussi bien, parce que les gémissements sont extrêmement irritants et sont aussi une source de tentation. Sur ma planète, il n'y a que les encas qui gémissent. Ceux qui ne sont pas des encas ne gémissent pas.

À présent, je vous prie de m'excuser. J'ai plusieurs autres groupes en quarantaine sur ma liste, et mon boulot, c'est de leur faire passer le temps, comme je viens de le faire avec vous. Oui, Madame-Monsieur, il aurait passé de toute façon, mais il n'aurait pas passé aussi vite.

Maintenant, je vais juste me glisser sous la porte. C'est tellement pratique de ne pas avoir de squelette. Absolument, Monsieur-Madame, j'espère que l'épidémie sera bientôt finie, moi aussi. Comme ça, je pourrai reprendre une vie normale.

SOUS LE MAGNOLIA

YIYUN LI

traduit de l'anglais (États-Unis) par Clément Baude

L'homme et la femme étaient convenus de retrouver Chrissy près du Battle Monument. Elle les avait rencontrés cinq ans plus tôt, en tant qu'avocate des acquéreurs de leur maison, lors de la remise des clés. Peu de temps après, la femme l'avait recontactée pour parler gestion de patrimoine. Chrissy leur avait envoyé de la documentation et n'avait plus eu aucune nouvelle. Elle les avait oubliés, jusqu'à ce que la femme lui renvoie un mail, s'excusant d'avoir disparu. « Cette fois, nous avons décidé d'aller jusqu'au bout », écrivait-elle.

Des clients qui procrastinaient, ça n'avait rien de nouveau pour Chrissy. Les gens lui faisaient part de leur désarroi quand il s'agissait de désigner des tuteurs pour leurs enfants en bas âge et de prendre des décisions relatives à leur propre avenir. Elle-même n'avait ni rédigé de testament ni prévu quoi que ce soit – et il n'y avait aucun mal à cela. Un médecin avait bien le droit de fumer ou, comme son père, de boire comme un trou. Personne n'est tenu de suivre à la lettre les exigences de sa profession.

Les magnoliers qui bordaient l'avenue resplendissaient. Sur un banc, Chrissy ramassa un pétale grand comme la main. Les magnolias sont des fleurs si sûres d'elles. Leurs pétales, même tombés, paraissent vivants.

Des années auparavant, sous un de ces magnoliers, Chrissy et ses deux meilleures amies avaient creusé un trou et enterré une enveloppe. À l'intérieur, elles avaient déposé des petits mots, à relire quand elles auraient cinquante ans. Et pour marquer la solennité de l'événement, chacune y avait joint une boucle d'oreille. Celle de Chrissy était une licorne d'opale.

Aucune des trois ne s'était rappelé l'enveloppe le jour de ses cinquante ans. Le souvenir n'en revint à Chrissy que ce jour-là.

« Jeannie ? » dit timidement un homme à quelques pas de là.

Chrissy répondit qu'elle n'était pas Jeannie, et l'homme s'excusa. Avait-il un rendez-vous galant avec cette Jeannie ? Ils allaient devoir retirer leurs masques pour faire bonne impression, se dit-elle. Comment pourraient-ils se faire confiance s'ils retiraient leurs masques ?

Le couple n'eut aucun mal à reconnaître Chrissy, et inversement. Il n'y avait qu'eux trois près de la statue du général Washington. L'homme et la femme s'excusèrent : leurs deux amis, les témoins, seraient en retard.

Chrissy préférait la ponctualité. Elle n'aimait pas les banalités d'usage. Elle interrogea tout de même le couple sur sa vie pendant le confinement. Le mari hocha poliment la tête et s'éloigna. Lui aussi devait détester les banalités d'usage.

« Et les enfants ? Ils sont en quelle classe, maintenant ? » demanda Chrissy.

La femme jeta un coup d'œil vers son mari. Il s'était un peu plus éloigné, occupé à observer le général Washington. « Ethan est en sixième. » Il y eut un silence avant cette réponse.

Ils n'avaient qu'un seul enfant ? Chrissy avait pourtant le souvenir de deux, d'après les banalités d'usage échangées cinq ans plus tôt. Mais il était vrai que seul le nom d'Ethan figurait dans leurs testaments. Peut-être avait-elle confondu avec une autre famille.

« Vous pensez certainement à… Zoé ? dit la femme en baissant la voix.

– C'est ça… », répondit Chrissy. Elle sut alors ce que répondrait la femme et fut soulagée de voir au même instant arriver les témoins. Zoé était morte. Chrissy s'en voulut d'avoir demandé des nouvelles des enfants. Une question tellement innocente, mais aucune question n'est vraiment innocente.

La signature ne dura pas plus de dix minutes. Le couple était en bonne santé. Ni lui ni elle n'avait été marié avant, ni lui ni elle n'avait eu d'enfants en dehors de ce mariage. Rien de compliqué : voilà ce que Chrissy pensait des clients comme eux. Pourtant, des choses compliquées, ils en avaient tous. Souvent, Chrissy préférait ne pas trop y réfléchir.

Au moment où le couple et les témoins repartirent, Chrissy lança à la femme : « Mme Carson. »

Le mari et les témoins continuèrent de marcher, en formation triangulaire, à la bonne distance les uns des autres. Chrissy voulait dire quelque chose à propos de Zoé. La femme n'avait pas prononcé son nom sans raison.

D'un geste, celle-ci désigna les papiers contenus dans le dossier de Chrissy. « Bizarrement satisfaisant, non ? De signer son testament par une belle journée comme celle-là.

– C'est une bonne chose de faite, dit Chrissy, par automatisme.

– Oui », répondit la femme, avant de la remercier derechef.

Elles allaient se quitter, et peut-être ne plus se revoir. Chrissy oublierait ce rendez-vous, comme elle avait oublié ce qu'elle s'était écrit à elle-même, adolescente. Mais un jour elle se rappellerait cet instant-là, et elle regrettait de n'avoir pas dit autre chose qu'une platitude, comme elle regrettait d'avoir oublié son message ou de ne pas avoir parlé à son père de son alcoolisme.

« Je suis vraiment désolée, dit Chrissy. Pour Zoé. » Les mots les plus banals, mais les mots justes n'existent pas. C'est un prétexte pour ne rien dire.

La femme hocha la tête. « Parfois, j'aurais aimé que Zoé ait été moins déterminée, répondit-elle. J'aurais aimé qu'elle ait été comme moi ou comme son père. Nous sommes tous deux des procrastinateurs. »

Et pourtant, se dit Chrissy, aucun professeur, aucun parent n'encouragerait l'indécision ou la procrastination chez un enfant. Pourquoi ses amies et elle avaient-elles pensé que, des décennies plus tard, elles se souviendraient encore des messages, qu'ils les intéresseraient encore ? Pour une jeune personne, la foi dans la constance de la vie se transforme facilement en désespoir face à l'immuabilité de la vie.

« Cependant vous êtes allés jusqu'au bout, cette fois », dit Chrissy en montrant le dossier. Encore une platitude, mais les platitudes, comme la procrastination, ont aussi leur sens.

DEHORS

ETGAR KERET

traduit de l'hébreu par Rosie Pinhas-Delpuech

Trois jours après la levée du confinement, il parut évident à tout le monde que personne n'avait l'intention de quitter la maison. Pour une raison obscure, les gens préférèrent rester chez eux, seuls ou en famille. Ou plutôt, chacun se sentait bien loin des autres. Après tant de temps à la maison, ils s'étaient habitués : ne pas aller au travail, ni au centre commercial, ne pas rencontrer des amis au café, ne pas se laisser embrasser dans la rue par un type qui vous étouffe parce qu'il a fait son service militaire avec vous.

Le gouvernement accorda quelques jours de plus, histoire de s'acclimater, mais quand ils comprirent que la situation n'était pas près de changer, ils n'eurent pas le choix. La police et l'armée frappèrent aux portes et ordonnèrent aux gens de sortir et de reprendre leur routine.

Que faire au bout de cent vingt jours de solitude ? Il n'est pas toujours facile de se rappeler dans quoi on travaillait vraiment. Et ce n'est pas faute d'avoir essayé. On se souvient d'une chose avec beaucoup de gens en colère, qui avaient du mal avec l'autorité et la responsabilité. Peut-être l'école. Ou la prison. On a le vague souvenir d'un jeune moustachu qui vous balance une pierre. Vous êtes peut-être travailleuse sociale ?

Vous êtes sur le trottoir devant chez vous et les soldats qui vous ont accompagnée dehors vous font signe de vous mettre en marche. Alors vous marchez. Mais vous ne savez pas vraiment vers où. Vous cherchez sur votre mobile quelque chose qui vous aiderait à vous réinitialiser. D'anciens rendez-vous, des messages restés sans réponse, des adresses dans votre mémo. Autour de vous, dans la rue, les gens s'affairent, certains ont vraiment l'air effrayés. Eux non plus ne savent pas où ils doivent aller, ou bien ils se rappellent, mais ne savent plus comment y aller et ce qu'on fait exactement en chemin.

Vous avez très envie d'une cigarette, mais le paquet est resté à la maison. Quand les soldats sont arrivés et vous ont crié de sortir, c'est à peine si vous avez eu le temps de prendre vos clés et votre porte-monnaie, oubliant même vos lunettes de soleil. Vous pouvez essayer de retourner dans l'appartement, mais les soldats y sont encore, ils frappent nerveusement aux portes des voisins, alors vous allez au kiosque mais vous découvrez que vous n'avez sur vous qu'une pièce de cinq shekels. Le marchand, un jeune type qui sent la sueur, vous arrache des mains le paquet qu'il vous avait donné et dit : « Je vais vous le garder à côté de la caisse. » Et quand vous lui demandez si vous pouvez le payer avec votre carte bleue, il sourit comme si c'était une blague. Lorsqu'il vous a repris le paquet, le dos de sa main poilue comme un rat vous a effleurée.

Votre cœur bat, affolé, l'air siffle dans vos poumons, vous ne savez pas si vous tiendrez le coup. À côté du distributeur de billets, un homme maigre est assis, avec des vêtements sales et un gobelet en fer-blanc à côté de lui. Ce qu'il faut faire dans ces cas-là, vous ne l'avez pas oublié. Vous passez vite devant lui et quand il vous dit d'une voix éraillée qu'il n'a pas mangé depuis deux jours, vous détournez la tête comme une professionnelle pour que vos regards ne se croisent pas. Il n'y a rien à craindre. C'est comme faire du vélo, le corps s'en souvient, et ce cœur qui s'était amolli dans votre solitude durcit de nouveau en quelques minutes.

LA MALLETTE À SOUVENIRS

ANDREW O'HAGAN

traduit de l'anglais (Écosse) par Cécile Deniard

Lofty Brogan travaillait comme poissonnier sur Saltmarket. On disait de lui que c'était l'écailleur le plus rapide de tout Glasgow, mais il n'avait pas l'art de plaisanter comme les autres. Il y avait cette cliente azimutée qui venait à leur étal tous les matins leur demander du hareng fumé. « Je suis Geetha de Parnie Street, précisa-t-elle ce jour-là. Et mon nom veut dire "chanson".

– Vous êtes au bon endroit, répondit Elaine, la patronne. Notre Lofty est un merveilleux chanteur, n'est-ce pas, mon chou ? » Il enveloppa les harengs dans du papier sulfurisé. La patronne avait du rouge à lèvres sur les dents. « Dites, Geetha, pourquoi ne pas changer un peu, aujourd'hui ? On a tout ce qu'il faut ici pour faire de la soupe de poisson.

– Un cacciucco, dit Lofty.

– Du rouget. Un peu de sole. Des palourdes.

– Je sais pas faire avec ces poissons de luxe », répondit Geetha.

Elaine lui dit qu'elle avait tort. « Vous êtes une excellente cuisinière, et vous allez vous transformer en hareng fumé si vous continuez à en manger. »

Geetha ouvrit son porte-monnaie et en sortit la somme habituelle.

« Elle qui tenait le meilleur restaurant indien d'Argyle Street, soupira Elaine lorsque la cliente s'éloigna avec son sac. Elle me fait pitié. »

Le passé les encombrait, se dit Lofty. Cela ne le dérangeait pas de travailler au Fish Plaice, mais ce n'était pas son métier. Lui avait fait son apprentissage comme menuisier. Il aimait bien Elaine, voilà tout, et les chantiers étaient un vrai cauchemar. Ce qui l'intéressait, principalement, c'étaient les grandes villes d'Europe. Il économisait autant qu'il pouvait pour y aller, et plus elles étaient désertes, mieux c'était. Pendant le travail, il ne disait pas grand-chose. Il s'y connaissait en moules et en bulots, savait combien de temps faire cuire un saint-pierre et avait belle allure au-dessus des bacs à glace – Elaine l'appelait Gueule d'Ange. Sur ce marché, on donnait aussi dans la volaille, et Lofty avait autant de facilité à vendre des pigeonneaux que des poulpes, elle ne se plaignait donc pas. Il disait parfois des choses que ses collègues ne comprenaient pas. La veille du confinement, il avait coiffé sa mèche blonde en houppette et rédigé une petite annonce pour se trouver un mec. Elaine était tout excitée par ce projet, mais d'après lui ce n'était pas grand-chose, juste un profil pour site de rencontres. « Tu es beau garçon, lui dit-elle pendant la pause, et tu es grand. Tu aurais dû t'accrocher à l'école. Tu ne serais pas obligé de louer un meublé et de payer ces loyers exorbitants.

– Vous avez pris toutes les maisons. Toutes les perspectives d'avenir. » Au-dessus d'Elaine, une pancarte disait : « Vous voulez du poisson plus frais ? Achetez-vous un bateau. »

« Mais qu'est-ce que tu racontes ?

– Vous, les vieux. Et maintenant nous on est coincés.

– Merci de me traiter de vieille », protesta Elaine, avant d'ajouter à propos de la mère de Lofty : « Une femme si cultivée. Comment ça se fait que tu sois devenu un tel enfant gâté ?

– Ben voyons. Pourri gâté. En douze ans, on s'est tapé deux crises comme on n'en voit soi-disant qu'une fois par génération. Pourri jusqu'à la moelle. »

L'animalerie ferma le lendemain matin. De toute façon, le type ne vendait jamais rien : les animaux étaient juste ses copains. Mais il expliqua qu'il avait regardé « Newsnight » et que tout le monde allait être mis en quarantaine alors, bien que ce fût interdit, il libéra ses canaris dans le parc de Glasgow Green. « C'est dingue, dit Lofty, vous allez larguer vos poissons rouges dans la Clyde ? » Voisin du Pet Emporium, l'Empire Bar s'accrocha jusqu'au déjeuner, puis ferma. À la fin de la semaine, la rue était déserte et il ne se passait plus rien sur Grindr. L'appartement de Lofty donnait sur le parc, et cela lui faisait bizarre de voir qu'il n'y avait personne devant le palais de justice. Le panache de fumée de l'incinérateur de Polmadie s'était arrêté net.

Lofty n'aimait pas appeler sa mère. Elle passait la moitié du temps à parler du passé et à ressasser des histoires d'argent. « Tu as un besoin maladif d'être pénible, lui dit-elle cet après-midi-là. Rien n'est jamais ta faute.

– Quoi ?

– Ça doit être très confortable.

– Ma vie est le résultat de tes décisions.

– Oh, secoue-toi un peu. Tu as vingt-sept ans.

– Je ne voulais pas être menuisier. Je ne pensais pas m'éterniser à la poissonnerie.

– Tu as toujours un train de retard. Pourquoi tu ne fais pas de ta vie une fête ? Pourquoi tu ne la peuples pas de gens qui comptent pour toi, au lieu de ne jamais t'engager ?

– Parce que tu as bu tout le champagne. »

Il ne l'appela pas pendant dix jours, et lorsqu'il le fit, ce fut une infirmière qui répondit. Elle lui dit que sa mère ne pouvait pas venir au téléphone, qu'elle était dans un état préoccupant, et plus tard dans la journée on la transporta en ambulance à la Royal Infirmary. Après ça, tout se termina très vite. Il n'y avait rien qu'il pût faire, et ensuite il fut trop tard pour faire quoi que ce soit. Un médecin avait contacté son frère aîné à Londres, qui lui-même avait appelé Lofty, mais il n'avait pas décroché. Daniel n'était plus rien pour lui depuis des années – Dan était loin. Dan était hors jeu.

Ils s'étaient querellés quand leur père était mort, en 2015. Lofty avait accusé son frère d'avoir volé une mallette chez leurs parents. « C'est l'accusation la plus délirante que j'aie jamais entendue », avait répondu Dan par SMS, mais Lofty l'avait ignoré. Dan s'était alors répandu en récriminations auprès de leur mère et avait bloqué son numéro. Lofty en avait retiré un sentiment de victoire : il était évident que son frère était coupable et qu'il perdait les pédales, pas seulement au sujet de ce vol, mais de tout le reste. Il s'était toujours comporté comme si sa famille n'était qu'un obstacle à sa concentration. La seule et unique fois où Lofty lui avait rendu visite, ils avaient failli en venir aux mains au milieu de Notting Hill Gate. Alors qu'ils sortaient d'un club privé où ils venaient de prendre un verre, Dan s'était mis à crier en pleine rue que Lofty était « toxique, toujours à se croire au-dessus des autres, une cause perdue tellement il était aigri ». Quelque chose de ce goût-là. Lofty avait craché par terre juste à côté de lui.

« Ta vie est une sinistre plaisanterie, Dan. Tout ce fric. Tu me dégoûtes. » Plus tard, leur mère lui avait dit qu'elle était au courant de leur dispute. Lofty savait que son frère et elle étaient d'accord sur un point : c'était lui qui avait un problème. Eux étaient « sur la même longueur d'onde », ou plutôt ils lisaient les mêmes livres. Ils employaient des mots comme « dysfonctionnel ». Les gens avaient des « troubles ». Après l'histoire de la mallette, sa mère lui avait envoyé un manuel par la poste : *Comment se libérer de soi-même*. Lofty n'avait jamais réussi à savoir si elle avait pris les accusations portées contre son frère au sérieux. Elle n'en avait jamais reparlé, pas une seule fois. Il ressentit un détachement qu'il n'avait jamais connu et quitta son appartement au bord des larmes, en claquant la porte. Il descendit l'escalier avec sa boîte à outils à la main et prit cela comme un exercice de musculation.

Il lui faudrait une heure pour arriver chez elle. Sur Saltmarket, tous les rideaux étaient baissés. Le virus était comme une révolution dans le cerveau, une dispute d'un nouveau genre. Un homme était avachi devant l'Old Ship Bank Pub, la tête entre les genoux. Lofty passa devant l'office notarial et leva les yeux vers le numéro 175. Son père était obnubilé par les légendes qui entouraient leurs ancêtres irlandais – notamment quelques jeunes footballeurs qui avaient fait partie des premiers joueurs du Celtic, Molly Brogan, qui vendait des fleurs à la paroisse St Enoch, les boxeurs professionnels, les tenanciers de tavernes clandestines, et le premier Alexander Brogan, pharmacien à ses heures, qui avait empoisonné sa femme. Ils avaient tous vécu dans cette maison, « les cinq Alexander ». Le premier était arrivé de Derry en 1848 et, à peine débarqué, avait filé au secours paroissial. Lofty recula jusqu'au milieu de la chaussée. « 1887 », lisait-on au sommet du pignon à redents, et il prit conscience que ce bâtiment devait en avoir remplacé un autre, plus ancien. Les Brogan : ils ne craignaient personne, avec leur panoplie de papistes et leurs idées bien arrêtées sur ce qu'il fallait faire pour survivre.

Il traversa le fleuve et remonta Victoria Road. Il remarqua que le bureau de poste était encore ouvert. Il consulta sa montre. Le déménageur avait dit qu'ils feraient vite, tout en respectant la distanciation sociale, et qu'ils auraient vidé les lieux à quatorze heures. Comment garder ses distances quand on doit porter un canapé et ses deux fauteuils ? Lofty changea de main ; la boîte à outils était lourde. Il arriva au parc et eut brusquement la sensation qu'il devrait s'asseoir sur un banc. Sortant son téléphone, il fit défiler les profils un petit moment. « Non, non, pas moyen, dit-il. Pas avec cette gueule. » Il alla sur Instagram et posta un selfie avec les arbres en arrière-plan. Dans les minutes qui suivirent, Elaine le « lika » et laissa un commentaire : deux pouces en l'air et un cœur.

Il la bloqua, alluma une cigarette, puis supprima son compte. Un policier descendit d'un fourgon et s'approcha d'un groupe de jeunes filles assises sur la pelouse.

« Quels sont vos projets ? l'entendit-il demander.

– Juste rester ici, répondit l'une d'elles.

– Il va falloir partir, désolé.

– Parfaitement ! C'est pas votre pelouse ! » lança Lofty. Il se leva, le policier se tourna vers lui et les demoiselles pouffèrent.

« Tout va bien, monsieur ? » demanda le policier.

Lofty s'éloigna avec sa pesante boîte à outils. C'était la seule chose que son père lui avait laissée : la boîte à outils et son contenu.

Il y avait des fougères dans le jardin de sa mère. La clé se trouvait sous une brique. Il ouvrit la double porte et découvrit l'entrée pratiquement vide, hormis un téléphone débranché dans le coin et quelques objets personnels çà et là, des cartons remplis de diplômes encadrés. C'était un petit logement, parfaitement proportionné, avec des cheminées carrelées dans le salon et les deux chambres. On voyait une ombre sur la moquette à l'endroit où se trouvaient précédemment les lits ; le canapé avait disparu, ainsi que la table à manger, la télé, toutes les tables d'appoint, les tapis, les lampes. Il ne voulait rien garder. Il avait dit aux gars de tout prendre et d'en faire ce qu'ils voudraient. Dans un coin de la cuisine, il découvrit un tabouret en bois qu'il avait connu dans son enfance ; sa mère l'avait repeint avec de la laque bleue. Il ouvrit la boîte à outils, en sortit une scie à métaux et prit le temps de changer la lame. Puis il scia le tabouret en plusieurs morceaux et trouva du papier journal. Il alluma un feu dans le séjour. À un moment donné, il en eut trois qui flambaient en même temps – un dans chaque pièce. Il entreprit de vider les sacs. Il laissait un feu s'éteindre pendant qu'il en préparait un autre, se servant d'une pelle pour verser les cendres chaudes dans un seau qu'il avait déniché dans l'arrière-cour. En fin de soirée, il trouva les bouteilles du bar à roulettes, qui avait disparu, et but du Pernod au goulot. Les autres bouteilles, il les mit dehors. Dans un des sacs de l'entrée, il pêcha un long chapelet dégoulinant. Dieu sait combien de seaux il sortit, mais un tas de cendres refroidissait désormais dans la cour. Il devait être minuit lorsqu'il jeta un rouleau de câble télé dans le feu du salon, puis un vieil annuaire téléphonique, et que, en ouvrant le dernier des sacs-poubelle noirs, il la trouva : la mallette.

Il s'assit en tailleur et l'ouvrit. Des flammes jaillissaient à côté de lui et les ombres bondissaient sur les murs de la pièce. « Qui ça, moi ? » disait une brochure des Alcooliques anonymes, la première de toutes celles que contenait la mallette. Il les lut toutes, en sifflant le Pernod. Il découvrit une série de cartes postales d'Oban – c'était là-bas que le vieux passait ses vacances en solo. Sur chacune d'elles, il faisait le bulletin météo, puis concluait par un « Je t'embrasse ». Lofty avait peur de lui ressembler, mais il apprécia la couleur verte que les cartes donnèrent aux flammes. Dans une poche zippée, il trouva des lettres et des actes de naissance qui remontaient à des années, ainsi qu'une photo prise à l'école et au dos de laquelle on pouvait lire, d'une autre écriture : « Alexander et Daniel, St Ninians, 1989. » Il regarda le visage de son frère et eut la certitude de ne plus jamais le revoir.

Il s'arma d'un cutter Stanley et mit la mallette en lambeaux. L'odeur que dégagea le cuir souple en brûlant changea complètement l'atmosphère du salon de sa mère. Il ne restait plus grand-chose : les cadres en bois s'étaient tous consumés en crépitant, et il avait retiré les vis des murs à l'aide de tenailles pour les jeter dans le seau. Pour finir, au milieu de la nuit, il prit une spatule pour décoller les couches de papier peint. La dernière avant le plâtre était rose à fleurs blanches ; il en jeta des brassées dans le feu. Puis il décida d'attendre que le tas de cendres refroidisse dans la cour, d'en mettre un bon paquet dans la boîte à outils vide et d'aller à la poste pour expédier ça à l'adresse londonienne de Daniel. C'était bien le moins qu'il pût faire. Vers quatre heures du matin, il entendit des oiseaux pépier bruyamment dans la rue.

Il sortit le ciseau à bois préféré de son père. Sur la partie métallique, on distinguait encore une marque à moitié effacée : « J. Tyzack and Son, Sheffield, 1879. » Il le mit au feu et s'approcha de la fenêtre. Peu lui importait que la lame en acier ne disparaisse pas. Il avait le sentiment d'avoir fait le maximum. Il y avait de la musique dehors. À cette heure-là, les lumières allumées chez les gens semblaient briller d'un éclat vif. Il se demanda si tout le monde était debout. Ici et là, des dépouilles étaient parties de maisons ou d'établissements de soins sans funérailles ni rien. « Je me demande si elle savait », dit-il. Puis il posa ses mains sur la vitre froide et pensa à Malmö au printemps.

LA FILLE
À LA VALISE ROUGE

RACHEL KUSHNER

traduit de l'anglais (États-Unis) par Sylvie Schneiter

Dans un vieux conte de Poe, on laisse les roturiers dehors et on confine la peste, l'hôte indésirable du bal costumé. L'erreur n'est une leçon que pour le lecteur puisque les aristocrates imbéciles de l'histoire meurent. J'ai lu le conte, retenu la leçon. Me voici pourtant dans un château fort avec un petit groupe de gens que, si on insistait, je décrirais comme des snobs dissolus.

Ce fut le fruit d'un hasard. Je m'y rendis bien avant que des camions frigorifiques fassent tourner leur moteur au ralenti sur la route, devant la morgue. À mon arrivée dans le pays, la vie était encore plus ou moins normale. Le virus ne s'en était pas approché. « Désolée » pour les habitants de Wuhan, je concrétisais mes projets d'autrice s'adonnant à des activités frivoles liées à la littérature, comme d'aller passer une semaine dans un château où j'étais invitée, en compagnie de gens dont le seul point commun consistait à feindre que ce genre d'étranges sinécures sont normales. J'avais emmené le jeune Alex, susceptible de provoquer des bagarres entre douairières pour l'avoir à leur brunch. Sa beauté a une tonalité insoumise, orpheline. Voire plus sombre. En fait, il ressemble beaucoup à Dzhokhar Tsarnaev, mais je jure qu'il n'a fait exploser de bombes nulle part, hormis quelques réunions sociales où il a débarqué avec un retard inacceptable.

Nous attendions qu'elle passe, cette infestation à laquelle personne au monde n'échapperait. Pour tromper notre détresse, Alex et moi avons d'abord traité nos condisciples comme des objets d'amusement de mauvais goût. Nous nous moquions du biographe de Charlemagne, notamment de la tenue de « maître de maison » style pyjama qu'il portait pour le dîner, de ses obsessions pour le duc de Wellington, les duels, ce qu'Alex résumait comme de l'atonie post-napoléonienne. Nous tournions en dérision le journaliste convaincu que quiconque à gauche du centre appartenait au personnel mythique à la solde de Poutine, tellement insidieux que nous nous demandions si nous n'en faisions pas partie. Nous nous gaussions de l'écrivain norvégien qu'on nous affirmait être le plus important auteur de Scandinavie ; or, contrairement aux autres Scandinaves, cet homme extrêmement important et célèbre ne parlait pas un mot d'anglais. Il avait beau se joindre au reste d'entre nous, sa contribution se réduisait à une expression hébétée et distraite, à une indifférence apparente au rebond des plaisanteries anglaises fusant autour de lui. Nous ne nous moquions pas de son épouse, qui traduisait pour lui, à l'instar de certaines femmes pour des hommes connaissant pourtant la langue. Cette jolie femme à l'accent d'un pays indéterminé d'Europe ne se livrait pas, assise sur la terrasse, elle fumait sans mot dire en nous regardant polluer l'air de nos opinions.

Quand la réalité de notre confinement s'imposa, nos condisciples devinrent semblables à une famille, des êtres que nous n'avons pas choisis, mais que nous aimons. L'habitude du biographe de Charlemagne de surnommer Alex *Homo juvenilis* devint tendance. J'étais en train d'écrire un roman sur les premiers humains, et le biographe m'interrogeait le soir sur mes dernières idées en ce qui concernait mon *Homo primitivus* comme s'il s'agissait d'une créature que je logeais dans ma chambre. Désormais, nous admirions le Norvégien pour son refus de l'anglais, de l'absolutisme de la domination anglaise, comparable au rejet de la vie privée d'un moine ou à celui des métiers à tisser d'un luddite. Nous acceptions l'invocation rituelle à Poutine du journaliste au dîner comme on le ferait d'une chaise vide destinée au prophète Elie. Lorsque le biographe de Charlemagne suggéra que chacun d'entre nous tienne audience avec une histoire dont le sujet, au lieu d'être la maladie, la tristesse ou la mort sévissant dans la région, serait joyeux, nous acquiesçâmes. Ce soir-là, c'était au tour du Norvégien.

« Mon histoire est celle d'un homme qui s'appelait Johan », commença le Norvégien, dont l'épouse répéta la phrase en anglais.

C'était après le dîner, qui avait eu lieu dans une petite pièce au plafond bas, noirci, couvert de suie par la fumée de cheminée, où trônait une énorme table. Le Norvégien raconta son histoire par fragments pour donner à sa femme le temps de traduire. Tandis qu'elle prononçait ses mots à notre intention, il regardait au loin, replié sur lui-même, le triangle de ses épais cheveux gris pointé dans deux directions à la manière de deux philosophies divergentes.

« Des amis de fac d'Oslo m'avaient présenté Johan. Il avait décidé de s'installer à Prague au cours de l'été 1993. À cette époque-là, Prague attirait certaines personnes du genre de Johan – des glandeurs diplômés de l'université, dépourvus d'aspirations concrètes, pérorant sur leur souhait de “créer un espace littéraire ou un magazine”, mais qui traînaient la plupart du temps, estimant que la vie ne rimait pas à grand-chose. Autant de jeunes gens à l'humeur changeante et au physique quelconque que Johan incarnait à la perfection – je devrais être leur spécialiste puisque j'en faisais partie –, dépressifs, sans but, qui, avant d'en trouver un, faisaient la grasse matinée, lisaient de multiples critiques de films et d'ouvrages théoriques français, broyaient du noir à cause de femmes inaccessibles qui embrasaient leur champ de vision. Faute de les conquérir, ces jeunes désœuvrés riches d'un temps libre illimité se sentaient immensément persécutés, ce qu'ils projetaient sur des filles un peu moins charmantes qui se rendaient volontiers disponibles. »

Après la traduction de ce passage, les époux discutèrent entre eux en norvégien, comme s'ils réfléchissaient à une partie du récit et à ce qu'il en raconterait. En le regardant, il nous semblait évident qu'il était bien le genre d'homme qu'il venait de décrire, renfrogné, aux traits disgracieux, alors que la beauté de sa femme était de celles qu'on assimile à une forme d'intelligence dont, apparemment, elle nous trouvait dépourvus.

« Ces hommes qui ne savaient que faire de leur vie et n'aimaient que les femmes qui les ignoraient, non sans brutalité, souffraient d'une inertie qu'ils imputaient à Oslo au lieu de s'en prendre à eux-mêmes. Prague, son ouverture à l'Ouest, l'effervescence de la révolution de Velours, les loyers bon marché, le cadre bohème où figuraient des femmes supérieures plus complaisantes, se présentaient comme une solution à une personnalité médiocre, à une vie semée d'échecs. Johan avait un ami qui y enseignait dans une école de cinéma ; celui-ci l'a invité à venir y séjourner. Il y eut une soirée d'adieu où je suis allé, puis Johan est parti vers sa nouvelle vie. Nous lui en voulions un peu. S'il échouait, nous jubilerions.

S'il réussissait, peut-être que nous déménagerions, nous aussi, à Prague.

« Johan est arrivé à l'aéroport de cette ville par un dimanche matin froid et pluvieux. Il a fait la queue parmi les étrangers, rien d'exceptionnel à cela, et il se réjouissait de ce nouveau chapitre de sa vie tandis que la file progressait au rythme des documents visés. Dès que ce fut son tour de présenter son passeport, les ennuis ont commencé.

« L'agent d'immigration a voulu savoir pourquoi le passeport de Johan était froissé, sa photo détériorée par l'eau.

« "Ce n'en est pas moins un document officiel, a expliqué Johan à l'agent au visage inexpressif, aussi dur que l'acier d'un char de combat. Il est simplement un peu abîmé parce que j'ai renversé quelque chose dessus il y a un bon moment."

« Aux autres guichets, les visas étaient tamponnés et les gens passaient haut la main, sans être interrogés ni arrêtés, alors que Johan tournait en rond avec le douanier.

« Au bout du compte, on l'a emmené dans une petite pièce équipée d'une porte blindée verrouillée (il a essayé de l'ouvrir), où il a été abandonné plusieurs heures d'affilée. Les yeux rivés sur l'imposante porte blindée, il a commencé à comprendre ce qu'était une main de fer sous un rideau de velours, quelle que soit l'expression.

« En fin d'après-midi, un autre homme, aussi désagréable et impassible que le premier, est entré et lui a posé une série de questions. Auxquelles Johan a répondu en "s'efforçant de ne pas être un crétin", ainsi qu'il le formulerait plus tard. Le soir était tombé au retour du même homme, qui a signifié à Johan que l'accès au pays lui serait interdit à moins qu'un représentant du consulat de Norvège accepte d'intervenir et de lui délivrer un nouveau passeport. Johan a eu le droit d'appeler le consulat. Un seul coup de téléphone, lui a enjoint l'homme, comme s'il était coupable d'un méfait. C'était un dimanche : le consulat était fermé.

« On a ramené Johan dans le long couloir des guichets. L'agent l'a informé qu'il y resterait jusqu'au lendemain. Si le consulat acceptait de l'aider, il serait admis dans le pays. Sinon, on l'obligerait à rentrer en Norvège par le prochain vol.

« Vu l'heure tardive, le couloir était désert, les guichets fermés et plongés dans l'obscurité. Les autres passagers avaient disparu dans d'invisibles réalités, que jalousait Johan, piégé dans cet interstice glauque. Il s'est assis sur une chaise. La soif le tenaillait. Il n'avait ni eau, ni cigarettes. Alors qu'il essayait de “s'étendre” sur la chaise, le cou posé sur le bord dur du dossier, se demandant s'il parviendrait à dormir de la sorte, il a entendu un grand bruit.

« Une jeune femme s'est profilée à l'autre bout du couloir. Elle avait laissé tomber une grosse valise rouge. Johan l'a regardée l'ouvrir et y fouiller. Elle a trouvé des cigarettes, en a allumé une. Agenouillée par terre, la cigarette à la bouche, elle a entrepris de réarranger sa valise, avec les gestes rapides d'une personne sereine, qui tuait le temps. Elle se levait régulièrement et arpentait le couloir.

« Comment avait-elle tant d'énergie ? Johan devait concentrer la sienne sur son indignation d'avoir été détenu.

« Elle l'a salué de la main. Il l'a imitée. Elle s'est approchée de lui pour lui offrir une cigarette.

« De près, il s'est aperçu qu'elle était complètement hors de sa portée : tout à fait son genre en d'autres termes, cette fille en jean moulant et Converse blanches montantes. Des détails qu'il retiendrait plus tard. Le jean. Les Converse.

« "Ils te gardent pourquoi ? a-t-elle lancé dans un anglais emprunté.

« – Mon passeport leur déplaît. Et toi ?"

« Elle a souri avant de préciser :

« "Je crois que mon passeport ne leur plaît pas non plus."

« Johan lui a demandé d'où elle venait. Sa réponse, la façon dont elle l'a prononcée sont devenues d'autres détails qu'il retiendrait :

« "De Yougoslavie."

« Johan en a conclu qu'il était possible qu'elle n'ait pas de passeport susceptible de plaire ou pas aux douaniers, de même qu'il n'y avait pas de Yougoslavie. Plus en tout cas.

« Elle tentait de se rendre à Abou Dhabi, a-t-elle enchaîné. Johan a acquiescé, incapable de se souvenir de quel pays il s'agissait, les Émirats, le Qatar ou un autre. Il a imaginé des cheikhs du pétrole et des filles comme celle-ci. Malgré son envie de lui poser des questions, la seule à lui venir à l'esprit était : Qui es-tu – celle qu'on ne pose jamais et à laquelle personne ne répond.

« Elle a regagné son bout de couloir. Il a fumé la cigarette, comme s'il inhalait le mystère de cette fille intrépide, tellement sexy. Il hésitait à la rejoindre pour lui parler lorsque des douaniers sont apparus dans le couloir et se sont adressés à elle. Une discussion s'est engagée, inaudible pour Johan ; la jeune fille hochait la tête, ne disait pas grand-chose. Ils l'ont escortée vers la sortie tandis qu'elle traînait sa grosse valise rouge.

« Johan a mal dormi, raide sur la chaise inconfortable. L'aube s'était levée à son réveil. Derrière les fenêtres, de cruelles trombes de pluie tombaient. »

« Les échanges de Johan avec le consulat, ainsi que la période au cours de laquelle il a déambulé dans Prague, n'ont pas d'intérêt pour notre histoire. Il y est resté un certain temps avant de rentrer chez lui. La pensée de cette nuit au contrôle des passeports, de la jeune fille, de son ennui et de son courage désinvolte, ne l'a pas quitté. Il jugeait que sa propre résistance face à l'autorité répressive post-soviétique ne méritait qu'un zéro. Tout comme son incapacité à en apprendre davantage sur l'inconnue quand il en avait eu l'occasion.

« À Oslo, Johan a trouvé un emploi dans le secteur point-com, dont c'était la première vague, a vendu sa part d'une start-up – quoi que cela puisse vouloir dire –, ce qui lui a rapporté beaucoup d'argent. De quoi voyager et ne pas travailler pendant un bon bout de temps. Il a décidé de se rendre à Abou Dhabi, pour essayer de retrouver la jeune fille.

« Johan avait lu des articles sur des femmes qui, originaires de pays pauvres ravagés par la guerre, y immigraient en se faisant arnaquer par des sales types qui les obligeaient à se prostituer. Johan était convaincu que la jeune fille avait décidé volontairement, lucidement de turbiner dans une nation riche en pétrole. Elle l'a encore plus impressionné.

« Il a passé deux jours à écumer, une nuit après l'autre, les différents lieux de plaisir d'Abou Dhabi, des hôtels de style néo-brutaliste équipés de mezzanines bruyantes, enfumées, où il dévisageait des femmes qui lui rendaient la pareille. Il regardait des femmes sortir d'ascenseurs et traverser les halls en claquant des talons, ou bien se camper dans des salons, pomponnées, sur le qui-vive. Les conversations avec Johan se terminaient d'ordinaire sur un malentendu, car chacune le croyait en quête d'un type, non d'une personne en chair et en os. À moins qu'elles ne le baratinent, ne le lancent sur une fausse piste. Blonde ? C'est ça ? Elle sera là plus tard. Ou : Je vais organiser une fête et tu la verras. Ou : Tu vas complètement l'oublier, compte sur moi.

« La proposition n'a semblé valoir la peine qu'une fois. Une brune aux grands yeux et au nez aquilin s'est adressée à Johan avec une franchise qu'il a trouvée crédible. Cette fille dont tu parles, je connais. Elle est croate. Moi, je suis croate. Elle est venue ici, oui. Je crois qu'elle m'a parlé de ça, des problèmes quand elle est arrivée. Oui, elle est toujours ici.

« Ce soir-là, il est allé dans un petit club minable, où la fille au nez aquilin lui avait donné rendez-vous. Elle était là, accompagnée d'une grande blonde. Dont les cheveux, au lieu d'être longs comme se le rappelait Johan, étaient courts et décolorés, presque blancs. Il lui a raconté son histoire, il avait vu une fille à l'aéroport – elle peut-être – qui essayait d'entrer à Prague, trois ans auparavant.

« "Je ne me souviens pas de toi, a-t-elle dit. Mais je pense que c'était moi.

« – Tu avais une énorme valise rouge ?

« – Oui."

« C'était elle, et bien sûr qu'elle ne pouvait l'avoir gravé dans sa mémoire. Elle n'allait pas s'encombrer de souvenirs sentimentaux d'un pauvre mec tel que Johan. Lui ne l'avait pas oubliée, cela suffisait.

« Johan l'a vue tous les soirs la semaine suivante ; chaque soir, il la payait pour qu'elle lui tienne compagnie. Il avait prévu de montrer son intérêt, sa sincérité, en insistant pour qu'ils se contentent de parler et d'apprendre à se connaître malgré l'argent qu'il dépensait. Mais les choses ne se sont pas passées ainsi. Elle préférait manifestement l'échange de services auquel elle était habituée, ce que Johan a accepté, trop facilement peut-être. Il s'est senti coupable et déconcerté. Au terme de plusieurs jours de cet accord stéréotypé, un changement s'est toutefois produit. On pourrait dire qu'elle s'est entichée de lui, je ne le comprends toujours pas. Si ahurissant que cela paraisse, elle est tombée amoureuse de Johan. »

L'histoire fut interrompue le temps que le Norvégien et son épouse s'entretiennent dans leur langue. Le ton de celle-ci était à l'admonestation.

« Elle veut que je reconnaisse, traduisit-elle pour son mari en parlant d'elle-même à la troisième personne, qu'on ne comprend jamais pourquoi un être tombe amoureux. Et que si je suis surpris qu'elle soit tombée amoureuse de lui au lieu de l'exploiter, c'est à cause d'un cliché bas de gamme sur le cynisme et le côté calculateur des femmes slaves du post-soviétisme. Mon épouse a raison. Je ne devrais pas m'étonner que la fille ait eu un cœur, ni qu'elle ait trouvé quelque chose à aimer en Johan, même si ce n'est pas mon cas. Ainsi que je l'ai précisé, je lui ressemble beaucoup ; en vérité, nous sommes adversaires jusqu'à un certain point. Mais continuons.

« La jeune femme s'est installée à Oslo avec Johan. Pour lui, les premiers mois – nous ne pouvons parler pour elle – furent merveilleux. La personne qu'il avait fantasmée au cours de trois longues années était drôle et charmante. Elle plaisait à tous ses amis. Non seulement elle s'est adaptée facilement, mais elle a décidé de son propre chef d'apprendre le norvégien.

« Au fur et à mesure de leur vie commune, en revanche, le doute a envahi Johan. S'il sortait, elle lui demandait où il était allé. De temps à autre, quand ils croisaient d'autres femmes dans la rue, une part de lui s'évadait, rêvait d'inconnues. Un matin où elle s'est tournée vers lui dans le lit, son haleine fétide lui a irrité les narines comme une faute morale. Il n'a pu que retenir son souffle.

« Johan en est venu à s'énerver lorsqu'elle ne connaissait pas un groupe, un film. Alors qu'il traînassait et se cultivait à l'âge de vingt ans, elle fuyait un État en faillite, et il avait du mal à supporter qu'elle ignore ce qui comptait pour lui.

« Elle a fini par désirer Johan plus qu'il ne la désirait. Qu'elle soit toujours à sa disposition dévalorisait le moindre rapport sexuel à un point qu'il n'aurait jamais imaginé. C'était comparable à se trouver dans une pièce remplie en permanence de plats fumants alors qu'on n'aspire qu'à s'en éloigner. Il avait envie de s'éloigner d'elle.

« Il lui a suggéré de rendre visite à sa mère, qui habitait Zagreb. Pendant son absence, il s'est mis à soupçonner qu'elle n'était pas – ne l'avait peut-être jamais été – l'héroïne aux Converse blanches de l'aéroport. Mon passeport ne leur plaît pas non plus. La nostalgie de la fille de l'aéroport le minait. Celle-ci n'était pas elle.

Même si c'était elle, ce n'était pas elle. Ce qu'il avait vu, désiré, porté aux nues, ne correspondait pas à la fille qu'il avait trouvée. Elle n'avait rien d'héroïque. Elle était normale, dépendante, imparfaite. En ce qui le concernait, la liaison était terminée.

« Johan était trop lâche pour le lui annoncer personnellement. Il lui avait laissé un mot qu'elle a découvert en rentrant de chez sa mère. Il lui y écrivait qu'il serait parti quelques jours, le temps qu'elle décide quoi faire et où aller. Johan a pris un train pour la Suède. Il a séjourné dans un hôtel minable avec des Suédois sans-gêne, a bu de la bière éventée insipide, tandis que la dépression le submergeait. C'était un hiver glauque. La fille dont il avait rêvé était introuvable. De quoi le précipiter dans une crise existentielle. Il a regardé par la fenêtre le ciel bas et lourd, les branches nues où s'accrochaient des sacs en plastique déchiquetés. »

Le Norvégien poussa un soupir perceptible et parcourut la table du regard, comme en quête d'une réaction. Son épouse aussi garda le silence.

Nous étions désorientés. C'était tout ?

« Mais, mais, mais…, lâcha le biographe de Charlemagne. L'histoire devait bien se terminer. C'était la règle.

– Ça finit bien, certifia le Norvégien dans sa langue, et sa femme le répéta dans la nôtre.

– Le pauvre Johan buvant de la bière éventée dans un bar de bas étage, sans amour et seul ?

– L'histoire se termine bien pour moi, pas pour Johan, expliqua le Norvégien.

– Ah bon ? Et pourquoi ça ?

– Parce que j'ai épousé la femme qu'il cherchait. Et c'est elle qui vous raconte l'histoire. »

Nous l'avons tous regardée.

« Mon mari s'est amusé, dit-elle, décoiffant ce dernier, mais avec tendresse. Demain, ce sera à mon tour. »

Sur quoi, on se souhaita bonne nuit.

LE MORNINGSIDE

Téa Obreht

traduit de l'anglais (États-Unis) par Blandine Longre

Il y a bien longtemps, à l'époque où tout le monde s'en était allé, nous habitions une tour appelée le Morningside en même temps qu'une femme du nom de Bezi Duras – elle me semblait vieille, mais, comme j'aurai moi-même bientôt l'âge qu'elle devait avoir alors, je me dis qu'elle ne l'était finalement pas.

Ceux pour qui on avait bâti cette tour avaient tous quitté la ville, et les appartements neufs restèrent vides jusqu'au jour où l'un des administrateurs supposa que, si quelques-uns d'entre eux étaient occupés, cela découragerait un tant soit peu les pillards. Mon défunt père avait rendu des services à la municipalité avec loyauté et intelligence, si bien qu'on nous permit, à ma mère et moi, d'emménager au Morningside en échange d'un loyer extrêmement modique. Le soir, lorsque nous revenions à pied de la boulangerie, la tour se dressait devant nous, et seules quelques étroites fenêtres éclairées s'égrenaient sur la façade du bâtiment noir, pareilles aux notes d'une chanson secrète.

Ma mère et moi vivions au dixième étage. Bezi Duras, au quatorzième. Nous le savions, car parfois nous nous retrouvions dans l'ascenseur au moment où elle l'appelait et devions alors monter jusqu'à elle puis effectuer l'interminable descente en sa compagnie, avec sa forte odeur de tabac et ses trois énormes chiens noirs aux torses puissants qui, à la tombée du jour, la traînaient à travers le quartier.

Nous étions tous fascinés par Bezi Duras, petite femme aux traits anguleux. Elle était arrivée en ville après une guerre lointaine dont personne, pas même ma mère, ne semblait saisir pleinement les circonstances. Personne ne savait où elle avait pu se procurer de si beaux vêtements ni quelles relations elle avait réussi à faire jouer pour pouvoir vivre au Morningside. Elle parlait à ses chiens dans une langue que personne ne comprenait, et la police passait de temps à autre pour vérifier si ces animaux avaient fini par triompher d'elle et la dévorer, de la même manière qu'ils s'en étaient pris, racontait-on, à un pauvre type qui avait tenté de voler leur maîtresse au cours de l'une de ses promenades. Cet incident n'était qu'une rumeur, évidemment, mais cela avait suffi pour que les habitants de l'immeuble commencent à exiger qu'elle se débarrasse des chiens.

« Tu sais, ça n'arrivera jamais, déclara mon ami Arlo, qui vivait dans le parc avec son ara.

– Pourquoi ?

– Parce que ces chiens sont ses frères, ma chérie. »

L'affirmation d'Arlo n'avait rien de métaphorique, et je ne me fis jamais d'illusion sur ce point. De fait, il l'avait appris de son ara, lequel l'avait appris des chiens en personne. Ces derniers avaient jadis été de beaux garçons, charmants et accomplis ; puis, au cours du voyage de Bezi depuis sa patrie jusqu'à la nôtre, les circonstances de la vie ne leur avaient plus permis de l'accompagner sous la forme que Dieu leur avait donnée. Ainsi, à en croire Arlo, Bezi avait conclu un marché avec quelque entité qui les avait transformés en chiens.

« Ces chiens-là ? demandai-je, songeant à leurs mâchoires écumeuses et à leurs faces sillonnées de rides.

– Ils font de l'effet, c'est vrai. Mais c'est le but, j'imagine.

– Pourquoi ?

– Ma foi, ils sont les bienvenus ici, davantage que la plupart des gens, ma chérie. »

J'en faisais voir de toutes les couleurs à Arlo sur des tas de sujets, mais, s'agissant des chiens, je le croyais – en grande partie parce que j'avais huit ans et que j'estimais son ara incapable de mentir. De plus, de nombreux indices allaient dans le sens de la théorie d'Arlo. Ces chiens mangeaient mieux que nous. Tous les deux jours, dans l'après-midi, Bezi revenait de la boucherie chargée de sacs en papier et, ensuite, un fumet d'os rôtis se répandait dans tout l'immeuble. Lorsqu'elle s'adressait aux chiens, ce n'était que par chuchotements, et ceux-ci se déplaçaient en une formation en V serrée autour d'elle quand, tous les soirs, ils sortaient de la tour pour ne revenir que le lendemain matin ; elle arrivait alors dans la rue rougie par l'aube, marchant avec hâte derrière eux comme si quelques secondes seulement la séparaient de la dissolution totale de son existence. Son appartement, quatre étages plus haut, avait le même agencement que le nôtre, et je n'avais aucun mal à me représenter les chiens errant dans son antre caverneux, la suivant de leurs yeux jaunes, ronflant sur la bâche blanche de peintre qui, m'imaginais-je, couvrait le sol.

Il y avait, chez Bezi, nombre de caractéristiques aisées à déduire et que les autres manquaient de percevoir. La plus importante de toutes ? Le fait qu'elle était peintre, à l'évidence. Ses vestes très ornées et ses belles bottes en cuir étaient toujours éclaboussées de peinture. Celle-ci obscurcissait le dessous de ses ongles, mouchetait ses cils, et était dotée de coloris si vifs que je la remarquais sans peine depuis l'arbre qui se trouvait à l'autre bout de l'immeuble et dans lequel je surveillais parfois Bezi ; les chiens m'y flairaient quelquefois, cernant le tronc et grondant de frustration, jusqu'au moment où la tête de leur maîtresse apparaissait en contrebas et qu'elle me réprimandait dans la langue heurtée qu'elle avait apportée de chez elle.

« Tu la comprends, pas vrai ? » demandai-je un jour à mon amie Ena, qui s'était installée à New York ; elle était plus ou moins originaire, avais-je cru comprendre, du même pays que Bezi.

« Non, répondit-elle avec dédain. C'est une langue complètement différente.

– On dirait que c'est presque la même.

– Eh bien non, ce n'est pas la même. »

Ena avait emménagé au quatrième étage avec sa tante l'année précédente seulement, après qu'elle et les siens eurent passé sept mois au centre de quarantaine, où elle avait attrapé une maladie – pas celle pour laquelle elle avait été mise en isolement, remarquez – et perdu près de la moitié de son poids, si bien que, quand nous descendions la rue ensemble, je me sentais obligée de l'arrimer à moi d'une main, par crainte qu'elle ne soit emportée vers le sommet de la colline et projetée dans la rivière. Elle semblait ne pas avoir conscience de sa petitesse. La mine lugubre, les yeux verts, elle avait appris à crocheter des serrures dans le camp (je croyais qu'elle parlait d'une colonie de vacances ; mais elle appelait toujours cet endroit « le camp », et ce n'est que plus tard que j'ai compris qu'il s'agissait d'autre chose). Bref, son habileté de crocheteuse nous permettait de pénétrer dans des parties du Morningside qui m'avaient jusqu'alors été inaccessibles : la piscine du sous-sol, par exemple, avec sa mosaïque de sirène privée d'eau ; ou bien le toit, où nous étions à hauteur d'yeux des sombres parapets du centre-ville.

La curiosité d'Ena faisait d'elle une sceptique-née. Elle ne gobait pas toute cette histoire selon laquelle les frères-chiens de Bezi Duras se transformaient en hommes de l'aube au crépuscule – même une fois que je lui eus exposé toutes les preuves dont je disposais et fait écouter *Le Lac des cygnes*.

« Qui les a transformés ? voulut-elle savoir.

– Quoi ?

– Qui les a transformés en chiens pour elle ?

– Je ne sais pas... Il n'y a pas des gens qui pratiquent ce genre de choses, dans le pays d'où tu viens ? »

Ena s'empourpra. « Je te l'ai déjà dit. Bezi Duras et moi, on n'est pas originaires du même pays. »

Tout l'été, ce désaccord fut la plus grande source d'aigreur entre nous ; un désaccord impossible à résoudre, car il revenait sur le tapis chaque fois que Bezi partait chez le boucher.

« Et si nous entrions chez elle pour voir par nous-mêmes ? proposa Ena un après-midi. Ce ne serait pas compliqué.

– Mais ce serait de la folie, puisque nous savons qu'une bande de chiens garde son appartement », répondis-je.

Ena eut un petit sourire narquois. « Pourtant, si tu as raison, ce doit être plutôt des hommes, non ?

– Ça serait pire, tu ne crois pas ? » Il était pratiquement certain, pressentais-je, que des hommes ayant subi une telle métamorphose seraient nus.

La possibilité d'entrer par effraction chez Bezi aurait probablement continué d'être un simple aiguillon, si par un bel après-midi cette dernière ne s'était arrêtée devant nous, alors que nous étions assises sur le mur du parc, et n'avait dévisagé Ena avec dureté. « Tu es la fille de Neven, pas vrai ? finit-elle par demander.

– C'est exact.

– Sais-tu comment, à l'époque, on surnommait ton père dans l'endroit d'où je viens ? »

Ena eut un haussement d'épaules étudié. Rien ne put l'émouvoir : ni le nom de son défunt père ni ce que Bezi lui raconta ensuite dans cette langue qui m'était inconnue. Elle se contenta de rester à côté de moi, ses petites jambes maigres plaquées contre le mur. « Désolée, dit-elle une fois que Bezi se fut enfin tue. Je ne vous comprends pas. »

J'aurais dû savoir, je suppose, que cet incident déciderait Ena à pénétrer dans l'appartement de Bezi. Mais j'étais naïve, et un peu amoureuse d'elle, et je m'étais rendue si souvent chez elle au cours de mes errances imaginaires que je ne fus pas plus étonnée que cela quand, la semaine suivante, Ena appuya sur le bouton « montée » de l'ascenseur. Je crois que je lançai un : « Vaut mieux pas ! » en une seule occasion, pendant qu'Ena était déjà occupée à crocheter la serrure, et simplement parce que je fus soudain nettement consciente, pour la première fois, que nous n'étions en réalité que des gamines.

L'appartement était l'exacte réplique du mien : des couloirs encore blancs, une cuisine trop grande au plan de travail aussi épais qu'une tranche de gâteau. Nous suivîmes l'odeur de peinture jusqu'à un salon où il aurait dû y avoir un piano. Là, appuyé contre un mur et entouré de toiles plus petites aux couleurs électriques, se trouvait le plus grand tableau que j'aie jamais vu. Les coups de pinceau étaient turbulents, inégaux, mais on distinguait aisément la scène : une jeune femme franchissait le pont d'une petite ville établie en bord de rivière. Autour d'elle, trois espaces vides où la peinture avait apparemment été enlevée à la brosse ; c'était vraisemblablement de cet endroit, me rendis-je compte, que les chiens descendaient quand ils endossaient leur forme humaine.

Sauf que ce ne fut pas sous cette forme qu'ils se présentèrent à nous. Affalés sur la bâche bel et bien réelle et éclaboussée de peinture, ils s'éveillèrent d'un profond et paisible sommeil, s'asseyant un à un, aussi stupéfaits de nous voir, je crois, que nous l'étions de les trouver là.

J'ignore sincèrement ce qui se serait produit si Bezi n'était pas revenue à cet instant précis. Nous aurions probablement fini parmi certaines des statistiques tragiques dont il est question dans le journal et qui vous enseigne à quel genre de créature on peut se fier ou pas.

« Ma parole, fit Bezi. La fille de Neven. Une âme tordue… quelle surprise.

– Allez vous faire voir », dit Ena à travers ses larmes.

Ma mère ne le sut jamais, et je crois que celle d'Ena non plus. Pendant des années, cet instant, connu de nous trois seulement, fut la première chose à laquelle je pensais au réveil et la dernière à occuper mon esprit tandis que j'étais étendue dans le noir. Je le revisiterais tous les jours, durant ma vie entière, j'en étais convaincue. Ce que je fis, pendant longtemps, même après que nous eûmes quitté le Morningside. Puis le temps passa, et je finis par ne plus y songer. Je m'apercevais soudain qu'il s'était écoulé quelques jours sans que j'y repense – ce qui, naturellement, interrompait cette pause, et j'éprouvais alors du soulagement à me trouver de nouveau immergée dans cette pièce, avec son immense peinture entourée par les chiens, comme s'ils attendaient d'être rappelés dans le monde dont ils étaient originaires. Mais ce souvenir aussi devint flou. Ce fut bientôt le genre d'histoires que je racontais à mes amants après m'être dit qu'ils n'étaient pas seulement de passage. Le genre d'histoires qu'ils oublieraient sur mon compte, espérais-je, une fois que nous aurions rompu.

Lorsque je tombais sur cet article dans le journal, je n'y avais pas pensé depuis des années. Une peintre étrangère d'une certaine renommée était morte en ville l'été dernier, et se posa alors un problème : on ne put d'abord récupérer son corps, gardé par un groupe de rottweilers affamés qui se déchaînaient contre quiconque se risquait à ne serait-ce que toucher la porte. On fit venir des spécialistes de toute la côte, mais aucun ne trouva un ordre à leur lancer susceptible de les assagir. On décida donc de les abattre et, à cet effet, on hissa un courageux sniper sur une nacelle de lavage de vitres. Mais quand celui-ci regarda à l'intérieur de l'appartement, il ne vit que la vieille femme sans vie, les mains croisées, étendue sur une bâche au pied d'un immense tableau représentant une princesse et trois jeunes hommes. Qu'était-il censé abattre, au juste ? « C'est déconcertant, dit-il au journaliste. Mais je n'ai vraiment rien à faire ici. » Après son départ, la police tenta de nouveau d'ouvrir la porte ; et, comme il fallait s'y attendre, les chiens réapparurent, rugissant.

Finalement, au bout d'une semaine de ce cirque, une femme qui travaillait à l'autre bout de la ville se présenta au commissariat. « Je vivais là autrefois, dit-elle. Je peux vous aider. » Si le journaliste ne la nommait pas, il la décrivait : mince comme un fil, avec d'immenses yeux verts ; je sais donc que ce fut Ena qui monta là-haut un soir de tempête, tout ce qui restait des habitants de la ville rassemblés dans la cour en contrebas ; ce fut Ena qui s'immobilisa devant la porte, chuchotant des paroles tendres d'un autre âge, appartenant à un lieu qui n'existait plus, dans la langue que les chiens comprendraient, ainsi qu'elle l'avait toujours su, attendant de les entendre s'éloigner de derrière la porte pour tourner la poignée en disant, ne vous en faites pas, mes beaux, tout va bien, tout va bien, tout va bien.

DU TEMPS DES ÉCRANS

ALEJANDRO ZAMBRA

traduit de l'espagnol (Chili) par Denise Laroutis

Souvent, au fil de ses deux années de vie, le petit garçon a entendu des rires ou des cris provenant de la chambre de ses parents – impossible de savoir comment il aurait réagi s'il avait su ce qu'ils faisaient pendant son sommeil : regarder la télévision.

Il n'a jamais regardé la télévision, et il n'a pas vu non plus des gens qui regardaient la télévision, aussi le téléviseur de ses parents est-il pour lui vaguement mystérieux : l'écran est une espèce de miroir qui lui renvoie un reflet opaque, sans consistance, et qui ne lui permet même pas de dessiner avec ses doigts dans la buée, même s'il arrive que les particules de poussière permettent des jeux approchants.

De toute façon, le petit garçon ne serait pas surpris de découvrir que cet écran est capable de reproduire des images en mouvement, car plusieurs fois il lui a été permis d'interagir avec des images de personnes, généralement localisées dans son second pays, parce que le petit garçon a deux pays – le pays de sa mère, qui est son principal pays, et celui de son père, qui est son second pays, où ce dernier n'habite plus, mais où vivent ses grands-parents paternels, qui sont les êtres humains que le petit garçon voit le plus souvent matérialisés sur l'écran.

Il a vu aussi ses grands-parents en personne, car il est allé deux fois dans son second pays. Il ne se souvient de rien du premier voyage, mais il marchait déjà tout seul la fois suivante et parlait même comme un moulin, et ces semaines avaient été pleines d'expériences inoubliables, si ce n'est que l'événement le plus mémorable avait eu lieu au cours du voyage aller, deux heures environ avant l'atterrissage dans le second pays, quand un écran qu'il estimait tout autant ou encore plus inutile que celui de la télévision de ses parents s'était éclairé et qu'y avait fait son apparition un aimable monstre rouge qui parlait de lui-même à la troisième personne. L'amitié entre le petit garçon et le monstre fut immédiate, peut-être en partie parce que le petit garçon, à cette époque-là, parlait également de lui-même à la troisième personne.

À proprement parler, ç'avait été un événement fortuit, les parents du petit garçon s'étant promis de ne pas allumer l'écran pendant le voyage. Le vol avait débuté sur une suite de deux siestes, puis les parents avaient ouvert la petite valise dans laquelle ils avaient placé sept livres et cinq marionnettes zoomorphes, et la lecture puis l'immédiate relecture de ces livres, que venaient nuancer les insolents commentaires des marionnettes donnant aussi leur avis sur la forme des nuages et la qualité des *snacks*, avaient absorbé une bonne partie de ce long trajet. Tout avait marché à merveille jusqu'au moment où le petit garçon avait réclamé un personnage qui – lui expliquaient-ils – préférait voyager dans la soute de l'avion, et après il s'était souvenu de plusieurs autres qui – impossible de savoir pourquoi – avaient préféré rester dans leur pays principal, et alors, pour la première fois au cours de ces six heures de vol, le petit garçon avait éclaté en sanglots, des pleurs qui durèrent bien une minute, ce qui est assez court en soi, mais parut incroyablement long au monsieur qui voyageait sur le siège de derrière.

« Faites donc taire ce gosse, à la fin ! » vociféra-t-il.

La mère du petit garçon se retourna et dévisagea le type d'un œil calme et dédaigneux ; après un silence bien calculé, le regard descendit et alla se concentrer sur la braguette du personnage, à qui cette mère dit, d'un ton qui dénotait la connaisseuse, sans le moindre soupçon d'agressivité :

« Elle ne doit pas être bien grosse, hein ? »

L'homme ne répondit pas, peut-être n'avait-il pas le moyen de se défendre d'une semblable accusation. Le petit garçon – qui ne pleurait déjà plus – passa dans les bras de sa mère et ce fut alors le tour du père, lequel s'agenouilla lui aussi sur son siège pour regarder le susdit fixement dans les yeux, sans proférer d'insulte, simplement il lui demanda comment il s'appelait.

« Enrique Elizalde, répondit le type, avec le peu de dignité qui lui restait.

– Merci.

– Pourquoi vous voulez savoir comment je m'appelle ?

– J'ai mes raisons.

– Et vous, vous êtes qui ?

– Je ne vous le dirai pas, mais vous aurez de mes nouvelles. Vous saurez très vite qui je suis. Très, très vite. »

Il fut plusieurs secondes à fixer un Enrique Elizalde désormais pris de regrets ou désespéré, et il avait l'intention de continuer à lui faire sa fête, mais une zone de turbulences le contraignit à rattacher sa ceinture.

« *This motherfucker thinks I'm really powerful,* murmura-t-il alors, en anglais, car c'était la langue qu'ils utilisaient instinctivement, elle et lui, pour se laisser aller ou dire des horreurs en présence du petit garçon.

– *We should at least name a character after him*, dit la mère.

– *Good idea! I'll name all the bad guys in my books Enrique Elizalde.*

– *Me too! I guess we'll have to start writing books with bad guys* », dit-elle.

C'est alors qu'ils décidèrent d'allumer l'écran qui était en face d'eux, et ils choisirent le programme avec le joyeux monstre roux plein de poils. Ils regardèrent pendant vingt minutes et, quand ils éteignirent l'écran, le petit garçon protesta, mais ses parents lui expliquèrent qu'on ne pouvait pas faire revenir le monstre poilu, que ce n'était pas comme avec les livres, que l'on peut lire et relire tant que l'on veut.

Pendant les trois semaines qu'ils passèrent dans le second pays, le petit garçon demanda chaque jour des nouvelles du monstre et ses parents lui expliquèrent qu'il habitait seulement dans les avions. Ce fut au cours du vol de retour que se produisit enfin la re-rencontre, qui ne dura, cette fois encore, que quelque vingt minutes. Deux mois plus tard, comme le petit garçon parlait encore du monstre avec une certaine mélancolie, ils trouvèrent une réplique en peluche que le petit garçon prit plutôt pour un original. Désormais, ils sont devenus inséparables, en fait le petit garçon vient de s'endormir en serrant le personnage au pelage rouge dans ses bras – ses parents sont déjà partis dans la grande chambre, où, sûrement, ils allumeront bientôt la télévision ; si les choses se produisent de la façon dont elles se sont produites ces derniers temps, il est probable que cette histoire se terminera sur la scène où ils sont tous les deux dans leur lit et regardent la télé.

Le père du petit garçon a grandi avec le téléviseur allumé en permanence, et peut-être qu'à l'âge de son fils aujourd'hui ignorait-il que la télévision *pouvait être éteinte*. Contrairement à lui, la mère du petit garçon a été tenue éloignée de la télévision pendant un laps de temps peu commun : dix ans. La version officielle était les problèmes de réception dans le quartier de banlieue où elles vivaient, sa mère et elle, de sorte que celle-ci voyait dans le téléviseur un objet parfaitement inutile. Un après-midi, elle invita chez elle une camarade de classe qui, sans rien demander à personne, brancha simplement le téléviseur et l'alluma. Il n'y eut ni désillusion ni crise : la petite fille se dit qu'il y avait enfin la télévision dans son quartier et elle courut annoncer la bonne nouvelle à sa mère, laquelle, athée pourtant, s'agenouilla et, levant les bras au ciel, se mit à crier de manière théâtrale et avec conviction :

« MIRACLE ! »

En dépit de ces antécédents si dissemblables, la femme qui a grandi avec une télévision en permanence éteinte et l'homme qui a grandi avec la télévision allumée en permanence sont complètement d'accord sur le fait que le mieux est de retarder le plus longtemps possible l'exposition de leur fils aux écrans. Ce ne sont pas des fanatiques pour autant, ils n'ont rien contre la télévision, absolument rien. Alors qu'ils venaient de se connaître, ils avaient eu recours plus d'une fois à la stratégie bien connue qui consistait à s'inviter pour regarder des films ensemble et en profiter pour s'envoyer en l'air. Plus tard, pendant la période que l'on pouvait considérer comme la préhistoire du petit garçon, ils avaient succombé aux charmes de nombreuses et excellentes séries de toute sorte. Et ils n'avaient jamais regardé autant de télévision que pendant les mois immédiatement antérieurs à la naissance du petit garçon, dont la vie intra-utérine avait été sonorisée non pas à coups de Mozart ou de berceuses, mais par les génériques de séries sur de sanglantes disputes de pouvoir situées dans une archaïque époque de zombies et de dragons, ou dans le spacieux palais du gouvernement d'un pays qui s'autoproclamait *leader of the free world*.

Avec la naissance du petit garçon, l'expérience télévisuelle du couple changea radicalement. En fin de journée, leur épuisement physique et mental ne leur permettait plus que trente ou, au maximum, quarante minutes de concentration décroissante, de sorte que, sans s'en rendre compte, ils abaissèrent notablement leurs normes de qualité et devinrent des spectateurs abonnés aux séries médiocres. Ils ne songeaient toujours qu'à s'avancer plus loin sur des terrains insondables et à vivre par procuration des expériences quasi impossibles et complexes qui les obligeaient à repenser sérieusement leur place dans le monde, mais ça, c'était ce à quoi servaient les livres qu'ils lisaient dans la journée ; la nuit, ils ne voulaient que des rires faciles, des dialogues poilants et des scénarios qui leur procuraient la triste satisfaction de tout comprendre sans aucun effort.

Ils aimeraient, peut-être dans un an ou deux, passer les après-midi de samedi ou de dimanche à regarder des films avec le petit garçon et même, de temps en temps, ils actualisent une liste des films qu'ils souhaitent voir en famille. Mais, en attendant, la télévision demeurait reléguée à cette heure tardive de la journée où le petit garçon dort et où ses parents redeviennent, momentanément et simplement, elle et lui. Elle est dans le lit et regarde son téléphone portable et lui assis par terre, comme s'il se reposait après une séance d'abdominaux – soudain il se met debout, s'allonge lui aussi sur le lit et va pour saisir la zapette, mais il change de destination, prend le coupe-ongles et commence à se couper les ongles des mains. Elle le regarde et pense qu'il n'arrête pas, ces derniers temps, de se couper les ongles des mains.

« On va peut-être avoir droit à des mois d'enfermement. Il va s'ennuyer, dit-elle.

– On a le droit de promener le chien, mais pas de promener son gosse, dit-il avec amertume.

– Je suis sûr que c'est pénible pour lui. Ça ne saute pas aux yeux, il a l'air heureux, mais, pour lui, ça doit être horrible. Qu'est-ce qu'il peut comprendre ?

– La même chose que nous.

– Et nous, qu'est-ce qu'on comprend ? » demande-t-elle sur un ton d'étudiante qui révise ses cours avant un examen. C'est presque comme si elle avait demandé : « Et c'était quoi, la photosynthèse ? »

« Qu'on ne peut pas sortir parce qu'il y a un virus à la con. C'est tout.

– Que ce qui était permis avant est maintenant interdit. Et que ce qui était interdit avant est toujours interdit.

– Le parc, la librairie, les musées lui manquent. Comme à nous.

– Le zoo, dit-elle. Il ne le dit pas, mais il se rebiffe plus, il se met plus en colère. Il ne se met pas souvent en colère, mais plus qu'avant.

– Mais il ne regrette pas l'école, vraiment pas, dit-il.

– J'espère que ce n'est que pour quelques mois. Mais tu imagines, si c'est plus ? Toute une année ?

– Je ne crois pas, dit-il, mais il aimerait bien être plus sûr de lui en le disant.

– Et si le monde reste comme ça à partir de maintenant ? Si après ce virus arrive un autre virus, et après un autre ? » lui demande-t-elle, mais il aurait pu tout aussi bien poser la même question, dans les mêmes termes et avec la même intonation inquiète.

Pendant la journée, ils se relaient, l'un des deux s'occupe du petit garçon pendant que l'autre s'enferme pour travailler, parce qu'ils ont pris du retard sur tout, et bien que tout le monde ait pris du retard sur tout, ils pensent qu'ils ont pris un peu plus de retard que les autres. Ils devraient se disputer, ils devraient batailler pour décider lequel, entre les deux, a le travail le plus urgent et le mieux rémunéré, mais tous les deux sont volontaires, au contraire, pour s'occuper du petit garçon à temps plein, car cette demi-journée avec lui est un temps de vrai bonheur, de rires véritables, d'évasion purificatrice – ils préféreraient passer la journée entière à jouer au ballon dans le couloir, ou à griffonner des créatures involontairement monstrueuses sur le morceau de mur qui leur sert de tableau, ou à jouer de la guitare pendant que le petit garçon tourne les clefs pour la désaccorder, ou à lire des histoires qu'ils trouvent maintenant parfaites, bien meilleures que les livres qu'ils écrivent ou essaient d'écrire. Et même s'ils n'avaient qu'une seule de ces histoires, ils préféreraient la lire et la relire, en permanence, plutôt que de s'asseoir devant leur ordinateur, avec les nouvelles horribles de la radio comme bruit de fond, pour faire tardivement des réponses remplies d'excuses aux mails reçus et regarder cette conne de carte qui enregistre en temps réel la prolifération des contaminations et des morts – lui regarde, surtout, le second pays de son fils qui est resté, évidemment, son pays principal, et il pense à ses parents et imagine qu'au cours des heures ou des jours passés depuis la dernière fois qu'il a parlé avec eux ils ont été contaminés et qu'il ne les reverra plus, et alors il les appelle, et ces appels le démolissent toujours, mais il ne dit rien ou, du moins, il ne lui dit rien à elle, plongée depuis des semaines dans une angoisse lente et imparfaite qui lui fait penser qu'elle devrait apprendre à broder ou qu'elle devrait arrêter de lire les romans beaux et désespérants qu'elle lit, et elle pense aussi qu'elle aurait mieux fait, peut-être, au lieu d'écrire, de se consacrer à autre chose – ils sont d'accord là-dessus tous les deux, ils pensent ça tous les deux, ils en ont discuté déjà trop de fois parce qu'ils ont déjà senti trop de fois, chaque fois qu'ils essaient d'écrire, l'irréfutable futilité de chaque phrase écrite, de chaque mot écrit.

« Laissons-le regarder des films, dit-elle. Qu'est-ce que ça peut faire. Juste le dimanche.

– Comme ça, on saurait au moins si on est lundi, jeudi ou dimanche, dit-il.

– C'est quoi, aujourd'hui ?

– Mardi, je crois.

– On décidera demain », dit-elle.

Il finit de se couper les ongles et regarde ses mains avec une satisfaction incertaine, plutôt comme s'il venait de couper les ongles de quelqu'un d'autre, ou comme s'il regardait les ongles de quelqu'un d'autre, d'une personne qui vient de couper ses propres ongles et lui demande, à lui, pour une raison quelconque – peut-être qu'il est devenu un expert, une autorité en la matière –, son approbation ou son avis.

« Ils se sont mis à pousser plus vite, dit-il.

– Tu ne les as pas déjà coupés hier soir ?

– C'est pour ça que je te dis qu'ils se sont mis à pousser plus vite – il parle sérieusement, d'un ton moitié grave et moitié scientifique. Je les regarde tous les soirs et le fait est qu'ils ont poussé dans la journée. À une vitesse anormale.

– Il paraît que c'est bon signe quand les ongles poussent vite. Il paraît qu'ils poussent plus vite à la plage, dit-elle sur le ton de quelqu'un qui essaie de se souvenir de quelque chose, peut-être de la sensation de s'éveiller sur la plage avec le soleil dans la figure.

– Mais chez moi, c'est un record.

– Chez moi aussi, ils poussent plus vite, dit-elle en souriant. Ils poussent même plus vite que chez toi. À midi, c'est presque des griffes. Puis je me les coupe et ils repoussent.

– Je pense qu'ils poussent plus vite chez moi que chez toi.

– Je ne pense pas. »

Alors ils lèvent leurs mains et les mettent côte à côte, comme s'ils pouvaient réellement observer la croissance de leurs ongles, comme s'ils pouvaient comparer des vitesses, et ce qui devrait être une scène rapide se prolonge, parce qu'ils se laissent distraire par l'absurde mirage de ce match silencieux, beau et inutile, qui dure tellement que même le téléspectateur le plus patient éteindrait la télé, indigné. Mais personne ne les regarde, bien que l'écran du téléviseur soudain semble être une caméra qui enregistre leurs corps suspendus dans ce geste étrange et amusant. Un moniteur amplifie la respiration du petit garçon, le seul bruit qui accompagne le match de leurs mains, de leurs ongles, match qui dure plusieurs minutes, mais, évidemment, pas assez longtemps pour qu'il y en ait un qui gagne, et s'achève, enfin, sur l'explosion de quelques éclats de rire chaleureux et francs dont ils avaient un très grand besoin.

COMMENT ON JOUAIT

DINAW MENGESTU

traduit de l'anglais (États-Unis) par Santiago Artozqui

Avant que le virus frappe, mon oncle conduisait son taxi dix à douze heures par jour, six jours par semaine, et ce depuis presque vingt ans. Il a continué, mois après mois, même s'il avait de moins en moins de clients et qu'il passait parfois des heures à attendre une course, totalement désœuvré, devant l'un des hôtels de luxe à côté du Capitole. Il habitait toujours dans l'appartement où il avait emménagé en arrivant aux États-Unis, en 1978, et quand je l'ai appelé pour lui demander comment il s'en sortait, il m'a dit d'un ton plus amusé qu'angoissé qu'il n'avait encore jamais envisagé la possibilité qu'un jour il puisse mourir dans cet immeuble.

« Pourquoi n'en parlent-ils pas quand tu signes le bail ? Si tu as plus de soixante-dix ans, ça devrait être marqué, et tout en haut. Attention. Ceci sera peut-être le dernier endroit où vous vivrez jamais. »

Je lui ai assuré qu'il n'avait aucune chance de mourir, même si nous savions tous les deux que ce n'était pas vrai. Il avait soixante-douze ans et, tous les matins, avant de grimper dans son taxi, il montait et redescendait les douze étages de son immeuble pour se chauffer les muscles avant de partir travailler.

« Tu es l'homme le plus fort que je connaisse, lui ai-je dit. Il faudrait un virus extraterrestre pour te mettre K-O. »

Avant de raccrocher, j'ai ajouté que j'allais quitter New York pour venir le voir. On était le 12 mars 2020, et le virus était sur le point d'assiéger la ville.

« On ira à l'épicerie, ai-je dit. Et on va remplir ton congélateur pour que tu puisses prendre de l'âge et du poids en attendant que le virus disparaisse. »

Le lendemain matin, quand j'ai pris le volant, les autoroutes entre New York et Washington étaient déjà encombrées de SUV. Lors de l'unique séjour qu'il avait fait chez moi, mon oncle m'avait demandé ce qui était arrivé à toutes ces grosses berlines enfouies au fond des parkings de luxe éparpillés un peu partout en ville. Avant d'acheter son taxi, il avait travaillé pendant quinze ans dans un parking à trois pâtés de maisons de la Maison-Blanche, et il disait souvent qu'il ne comprenait pas pourquoi les Américains dépensaient autant d'argent pour garer des voitures qu'ils ne conduisaient jamais. Au bout d'une heure passée dans les bouchons, j'ai songé à l'appeler pour lui annoncer que j'avais enfin la réponse à sa question. Nous autres Américains avons beau parler en permanence d'optimisme, nous sommes obsédés par l'apocalypse, et ces grandes voitures vides qui encombraient à présent les quatre-voies avaient simplement attendu la bonne crise pour prendre la route.

Quand j'ai fini par arriver chez mon oncle, un appartement dans une banlieue juste à côté de Washington, il était assis sur un banc de béton devant son immeuble, les paumes pressées l'une contre l'autre et les coudes sur les genoux. Il m'a fait signe avec les mains de rester où j'étais et il a grimpé dans son taxi, stationné quelques pas derrière moi. Il m'a envoyé un texto : « Gare-toi. Je conduis. »

On s'est salués plutôt maladroitement, trois tapes sur les épaules au lieu de l'habituelle bise sur la joue. On ne s'était pas vus depuis six mois, peut-être sept, et ça faisait bien dix ans que je n'étais pas monté dans son taxi. Lorsqu'il s'est engagé sur la chaussée, il m'a dit que ça lui rappelait le jeu auquel on jouait quand j'étais petit et qu'il nous conduisait à l'épicerie, ma mère et moi.

« Tu t'en souviens ? m'a-t-il demandé. Tu te rappelles comment on jouait ? »

On a pris à droite dans une grande avenue à quatre voies bordée de centres commerciaux et de concessionnaires d'automobiles qui n'existaient pas dans mon enfance. Pour une raison ou pour une autre, il m'a semblé exagéré de répondre à la question de mon oncle avec une phrase toute simple comme « Bien sûr que je m'en souviens » ; souvent, c'était le moment que je préférais dans la semaine. Alors, à la place, j'ai acquiescé en me plaignant du ralentissement devant nous. Mon oncle m'a frotté la nuque d'un geste affectueux, puis il a enclenché son taximètre. Le jeu commençait toujours ainsi, il allumait le compteur d'une chiquenaude et se tournait vers la banquette arrière pour me demander : « Où désirez-vous aller, monsieur ? » Pendant les quelques mois qu'a duré ce jeu, on n'est jamais retournés deux fois au même endroit. Nos premières courses étaient dans le coin – le Washington Monument, les musées le long de la pelouse du Mall –, mais, rapidement, on a visé des destinations de plus en plus lointaines : l'océan Pacifique, Disney World et Disneyland, le mont Rushmore et le parc national de Yellowstone, puis, au fur et à mesure que mes connaissances sur l'histoire du monde et sa géographie augmentaient, l'Égypte et la grande muraille de Chine, suivies de Big Ben et du Colisée, à Rome.

« Ta mère m'en voulait beaucoup de ne pas t'inciter à choisir l'Éthiopie, a-t-il précisé. Elle répétait tout le temps : “S'il imagine quelque chose, autant que ce soit son pays d'origine.” J'essayais de lui dire que tu n'étais qu'un enfant. Tu étais né aux États-Unis. Tu n'avais pas de pays. La seule chose envers qui tu te montrais loyal, c'était nous. »

Devant nous, le feu est passé au rouge puis au vert à trois reprises avant qu'on finisse par avancer, un rythme qui en temps normal aurait mis mon oncle en colère : de son propre aveu, il avait toujours eu du mal à tenir en place. La dernière fois qu'on avait joué à ce jeu, mon oncle s'était disputé avec ma mère à propos de la futilité de nos aventures fictives.

« On n'a pas les moyens de l'emmener où que ce soit, avait-il dit. Alors, faisons-lui voir le monde depuis la banquette arrière d'un taxi. »

Notre dernier voyage, c'était en Australie, et ma mère nous a laissés faire à condition qu'on ne joue plus jamais à ce jeu dans la voiture en sa présence. On a accepté ses conditions, et mon oncle a enclenché son taximètre. Pendant les quinze minutes suivantes, je lui ai dit tout ce que je savais sur les paysages et la faune et la flore en Australie. J'ai continué de parler, même quand on est arrivés à l'épicerie et que ma mère m'a demandé de descendre du taxi. Je n'étais pas prêt à voir mon voyage se terminer dans un parking, alors mon oncle a fait signe à ma mère de s'éloigner et m'a enjoint de poursuivre. « Raconte-moi tout ce que tu sais sur l'Australie », m'a-t-il dit juste au moment où une grande fatigue me tombait dessus. J'ai enlevé mes chaussures et j'ai allongé les jambes. Puis je les ai repliées sous moi tandis qu'il plaçait sous ma tête une épaisse carte routière tirée de sa boîte à gants afin que mon visage ne reste pas collé au vinyle des sièges.

« Dors, avait-il ajouté. L'Australie, c'est très loin. Tu dois être fatigué à cause du décalage horaire. »

En arrivant à l'épicerie, j'ai songé à demander à mon oncle s'il se souvenait de quoi que ce soit à propos de notre dernier voyage. Il se concentrait pour essayer de tourner à droite dans un parking déjà comble, où une demi-douzaine de voitures de police étaient apparemment garées en épi devant l'entrée. On n'avait plus que cent ou deux cents mètres à parcourir, mais la file de véhicules et la foule toujours plus dense qui attendait à l'extérieur avec des caddies rendaient de moins en moins plausible l'idée qu'on parvienne à y accéder avant que tous les rayons soient vides.

Ça a dû nous prendre près de vingt minutes pour entrer dans le parking, une petite victoire que mon oncle a célébrée en tapotant son compteur du doigt pour que je remarque le prix de la course.

« Enfin ! s'est-il exclamé. Après toutes ces années aux États-Unis, je suis riche. »

On s'est lentement frayé un chemin jusqu'à l'arrière du parking, où il semblait plus vraisemblable qu'on trouve une place pour se garer. Comme on a fait chou blanc, mon oncle a roulé par-dessus une bande de gazon pour accéder à celui du restaurant adjacent, au mur duquel étaient accrochés plusieurs panneaux qui proclamaient : « Réservé à la clientèle ». J'ai attendu qu'il coupe le contact, mais il a gardé les deux mains sur le volant, le corps légèrement penché vers l'avant, comme s'il s'apprêtait à redémarrer, mais qu'il n'était pas très sûr de la direction à prendre. Un instant, j'ai cru comprendre ce qui le dérangeait.

« Tu n'as pas besoin d'entrer dans le magasin, ai-je dit. Tu peux m'attendre ici et me récupérer après. »

Il s'est tourné vers moi et m'a dévisagé. C'était la première fois qu'on se regardait droit dans les yeux depuis que j'étais monté dans le taxi.

« Je n'ai pas envie d'attendre dans un parking, a-t-il répondu. C'est ce que je fais tous les jours.

– Alors, qu'est-ce que tu veux ? »

Il a éteint le compteur et coupé le contact, mais en laissant la clé dans le démarreur.

« Je veux rentrer chez moi. Je veux que quelqu'un me dise comment sortir d'ici. »

LIGNE 19
WOODSTOCK/GLISAN

KAREN RUSSELL

traduit de l'anglais (États-Unis) par Valérie Malfoy

Ce fut exactement tel qu'on l'a raconté : le temps ralentit. Traversant le pont sur la mauvaise voie, l'ambulance arriva droit sur le bus de la ligne 19 dans un ululement de sirènes. Coup d'œil à droite, coup d'œil à gauche, coup d'œil encore – Valérie n'oubliait jamais les nombreux angles morts de son bus, mais cette ambulance avait surgi de nulle part, émergeant du brouillard le plus épais qu'elle eût jamais vu. De plus en plus gros, de plus en plus proche, de plus en plus lent, le véhicule avançait. Le temps s'étirait comme de la guimauve. Même les gyrophares semblaient clignoter de façon léthargique. Valérie mit une éternité à braquer – mais trop tard : ils étaient bloqués.

Elle-même était une excellente conductrice. En quatorze années de service, elle n'avait eu que deux plaintes versées à son dossier – et encore, pour des bêtises. Sa mère, Tamara, soixante-douze ans, se remettait d'un AVC à la maison en compagnie du fils de Val, Teak, quinze ans. Teak collectionnait les pipes à eau fantaisie ; sa grand-mère stockait sa marque préférée de biscuits. Celle-ci toussait depuis la semaine passée. Gardez-la jusqu'à ce qu'elle ait de la fièvre, avait recommandé le médecin. *Jusqu'à...* ? « Prends sa température », avait-elle chuchoté à Teak avant de s'en aller. Et à sa mère, à pleine voix : « Ses bonbons ne sont pas des vitamines, maman ! »

La nuit de l'accident, son bus n'était même pas rempli au tiers de sa capacité. Depuis février, la fréquentation hebdomadaire avait diminué de 63 %. Les ados montaient toujours à bord, désinvoltes et excités. Ils se comportaient comme si le bus municipal était leur Sexe-Express – avait expliqué Teak. (D'un air un peu jaloux. C'était un solitaire, comme elle.) Valérie surveillait deux gamines au visage poupin, au fond, qui avaient abaissé leurs masques pour se peloter. Pas de pulsion de mort de leur part : bien au contraire, une pulsion de vie si forte que cela revenait au même. Impossible de convaincre cette jeunesse qu'elle était vulnérable à toutes sortes de menaces pires qu'une solitude fatale.

« Hé, les Juliette ! (À travers le masque, sa voix paraissait enrouée.) Ça suffit !

– Je m'occupe personnellement de son dépistage ! » répliqua celle aux cheveux bleus, qui léchait le cou de sa copine.

Valérie ne partagea pas leur hilarité.

« Tant que vous ne léchez pas l'inox de mes barres… »

Elle surnommait ses habitués du soir « Le Club du Dernier Bus ». En semaine, elle avait toujours huit ou dix visages familiers. Le Covid avait modifié la composition démographique de ce club – à présent, c'était en majorité des personnes pour qui « l'état d'urgence » était un état chronique. Des femmes comme Marla, qui n'avait pas de voiture mais besoin de se procurer des médicaments, des tampons hygiéniques, de quoi manger. Elle avait embarqué à l'arrêt Chávez en empruntant la rampe rétractable, un sac en plastique trempé au logo d'une grande enseigne de parapharmacie sur les genoux. « Je ne prends plus personne après vous », avait dit Valérie en s'accroupissant pour arrimer son fauteuil roulant. « Les nouvelles directives. On ne peut pas dépasser la jauge. »

Point positif, les accidents mortels étaient moins à redouter. Le virus avait vidé les rues. Beaucoup moins de piétons divaguant tels des zombies, descendant à l'aveuglette du trottoir. Hé, *sister* ! Vire ces écouteurs de tes oreilles ! Aux cyclistes : Est-ce bien malin de s'habiller comme des mimes ?

Entre eux, quelques collègues traitaient les passagers de « bétail », mais ce n'était pas son style. Aimait-elle ses passagers ? Comme certains chauffeurs plus âgés prétendaient aimer leurs habitués ? « Ce sont nos avantages sociaux que j'aime ! » avait-elle déclaré à Freddie. Dans l'intérêt de son fils, elle avait pris ce travail, car il était rémunéré au taux horaire le plus élevé du marché. « Tu économises pour ta retraite ? Moi, c'est pour mon embolie ! »

« À ton avis, il y a combien de braves gens au monde ? » lui avait demandé Freddie dans la salle de repos.

Sans hésitation, elle avait répondu :

« Vingt pour cent. Certaines nuits, onze. »

Flaque d'urine à bord. Abribus incendié. Violence verbale. Chien errant au croisement de Rex et de la 32e. Jets de pierres évités de justesse. Météo. Passager éventuellement atteint du Covid. Même avant la quasi-collision qui arrêta le temps, la semaine avait été fertile en rebondissements.

Ici-bas, beaucoup de requins côtoyaient le menu fretin. Certains de ses habitués éveillaient son intérêt – des hommes doux comme Ben, qui cherchait seulement à s'abriter de la pluie verglaçante, Marla dans son fauteuil roulant peint à la bombe aérosol, tricotant des ailes palmées de chauves-souris en laine rouge pour son petit-fils. Pas de paiement en espèces pour le moment, et dans le contexte actuel elle ne se souciait pas le soir d'embêter les clients sans carte d'abonnement.

À la gare routière, on lui avait donné une pochette en plastique contenant un seul masque en papier et huit lingettes désinfectantes. Elle avait acheté son propre bidon d'eau de Javel, qu'elle pulvérisait un peu partout. Pour se protéger, Freddie avait accroché un rideau de douche bon marché, avant que les patrons lui ordonnent de le retirer.

Un peu plus tôt dans la soirée, Val avait loupé un présage. C'était alors qu'elle roulait en direction de Powell : des dizaines de bars et de boutiques vintage aux rideaux baissés, pareils à des tantes excentriques, pavillons hirsutes, rosiers, panneaux et paniers de basket à l'abandon. Elle faillit crier en contournant de justesse un vélo de fillette couché sur la chaussée. Ses phares en éclairèrent la silhouette tordue. Rubans répandus autour du guidon, roues stabilisatrices aux rayons gros comme des doigts boudinés. Son cœur battait comme si elle avait absorbé neuf cafés. Personne. Pas de blessé. Le bus poursuivit sa route. Cerné par le rétroviseur, le vélo devint une tache grisâtre, qui alla se rétrécissant telle l'enfance elle-même. Sa tension retomba et elle se replongea dans ses soucis ordinaires.

Le quotidien d'un bon conducteur est émaillé de non-événements et de « presque accidents ». Valérie comptait ces signes avant-coureurs comme autant de coups de chance.

Mais à présent, à l'évidence, sa chance avait tourné. Confusément, elle entendit les cris des passagers et se prépara à un choc qui n'eut pas lieu. Que se passait-il ?

Le conducteur de l'ambulance, semblait-il, formulait la même question, de façon plus vulgaire. C'était comme s'ils étaient pris dans une sorte de mastic invisible. Deux visages jeunes et épouvantés se révélèrent petit à petit, à la façon d'une pellicule photographique dans un bain de développement. Le bus parcourut encore deux centimètres avant de s'arrêter avec un gémissement d'outre-monde, à un cheveu de la calandre de l'ambulance. Valérie attendit un soulagement qui ne vint pas. Inutilement, elle tira sur le frein à main. L'horloge s'était figée sur 20 h 48. Elle sauta à terre.

« Valérie.

– Yvonne.

– Danny. »

Ils se serrèrent solennellement la main sur le pont.

« Il n'y avait personne dans les rues, ce soir », déclara Danny, le conducteur.

Il avait des ongles vernis de noir, une chemise amidonnée avec l'écusson de l'Aide médicale d'urgence. Son visage de Blanc paraissait verdâtre à la lueur des phares du bus.

« J'ai pas capté que j'étais sur la mauvaise voie. Avec tout ce brouillard et mon dégivreur détraqué... »

Du coin de l'œil, elle prit conscience de tout ce qu'elle ne voyait pas : phares lucioles fonçant sur Naito Parkway, la vaste rivière déployant ses géométries en direction de l'océan Pacifique. Autour d'eux, rien ne bougeait. Les ténèbres recouvraient le pont.

« Je veux seulement reprendre la route », dit-elle.

Elle ne pouvait pas se permettre une autre plainte. C'était inscrit à titre définitif dans vos états de service, et, si on criait à l'injustice, on en prenait encore pour son grade.

« Oh, mon Dieu ! » s'exclama Yvonne, l'autre urgentiste.

Une jeune Noire aux lunettes à monture transparente et aux grands yeux ambrés, à peine plus âgée que Teak. Valérie s'étonna de constater à quel point elle se sentait complexée par ses cheveux blancs face à ces gamins. Comment pouvait-on avoir des soucis aussi futiles en face de l'éternité ?

« Mes excuses. Je n'aurais pas dû vous serrer la main. »

Valérie acquiesça, contente d'avoir son masque. Elle aussi, elle avait oublié. Elle était terrifiée à l'idée de transmettre le virus à sa mère. Paralysée du côté droit, celle-ci avait un sourire de pélican. Elle redoutait que cela lui donne l'air méchant, mais Teak l'avait rassurée en affirmant qu'elle avait déjà l'air super méchante avant l'AVC. Lui seul réussissait à la faire sourire des yeux.

« C'était tellement flippant, reprit Yvonne. Vous nous fonciez dessus de plus en plus lentement…

– Moi, je vous fonçais dessus ?

– Et puis… tout s'est arrêté. »

Ils contemplèrent l'ambulance réduite au silence, puis se tournèrent ensemble vers le bus. Les passagers faisaient de grands gestes sous les sourcils en accent circonflexe des essuie-glaces. Ils semblaient secoués, mais indemnes.

Un phénomène très étrange s'était produit. La Willamette avait cessé de s'écouler ; au-delà des parapets, elle semblait glaciale et sculpturale. Des rayons lumineux apparaissaient par intermittence sur les chevalets du pont, l'eau profonde. Pourpre, marron, vert pâle. Comme si la lune distribuait les cartes, appliquant des couleurs au hasard.

Valérie remonta dans sa cabine et contacta le répartiteur. « 1902. J'ai eu un accident sur le Burnside Bridge.

Je dois être coincée entre deux mondes. Ou peut-être morte. »

Le répartiteur ne pouvait plus, apparemment, l'entendre. « 1902 ici, sur le pont, me recevez-vous ? »

« Au secours », murmura-t-elle.

Elle n'avait pas réellement espéré de réponse. Ce qui la surprit, ce fut la vitesse à laquelle son trouble tourna à l'effroi, l'effroi à une résignation stupéfaite. Le 19 s'était égaré dans la nuit des temps.

Valérie ne se voyait pas comme une personne gracieuse. Elle avait de l'asthme et les pieds plats. Elle conduisait un bus de douze mètres de long, pesant vingt tonnes. Pourtant, accomplissant un saut de gymnaste, son esprit la catapulta vers le pire des scénarios : Je ne reverrai peut-être plus jamais les miens.

Le goût de la terreur était chose toute nouvelle pour elle. Tout pouvait donc finir ainsi, le bus qui s'efface et bascule dans un cul-de-sac spatio-temporel, à la façon d'une boule de billard gobée par la mauvaise poche ?

Fébriles, les passagers envoyaient textos sur textos, mitraillant des monologues hystériques avec les pouces.

Elle ressentit une bouffée de nostalgie pour les angoisses de 20 h 47. Les violences verbales étaient un problème gérable.

« *Douce nuit* », murmura-t-elle dans le récepteur muet.

Panique ravalée. Léger grésillement.

« Tout le monde descend ! »

Valérie et Yvonne décidèrent d'aller chercher de l'aide à pied. Sans se retourner, Valérie sentit qu'on les suivait. À la hauteur de l'ambulance, ce fut comme si elle était confrontée à une tempête. Pliée en deux, elle s'obstina jusqu'à la limite de ses forces. La moitié de ses passagers luttaient dans le sens opposé, effectuant des pas de tai-chi à travers un brouillard toujours plus épais. On aurait dit des arbres, soulevant lentement leurs racines avant de les replanter.

« Tu devais être bien perchée, m'man ! » dirait Teak, si jamais elle le revoyait.

Poussant un cri, elle se précipita contre ce mur mystère, tambourinant des poings dans le vide. Elle réussit à faire trois mètres au-delà de l'ambulance. Ses jambes étaient soumises à une pression énorme, ses bras plaqués le long de son corps.

« Peut-on vraiment parler d'“accident” ? demanda Danny, un peu sur la défensive. Il ne s'est rien passé… »

Il désigna l'ambulance avec son capot non froissé, son pare-brise non éclaté, ses airbags non déployés et ses sièges non ensanglantés.

« Vous plaisantez ? dit-elle. Le temps ne passe plus ! »

L'un de ses habitués, Humberto, « Bertie » à lire son badge, avait une montre à l'ancienne dont l'aiguille des minutes s'était immobilisée, ses minuscules rouages bloqués. « Du toc ! dit-il, honteux et perturbé. Enfin, elle indique l'heure, mais ce n'est pas de l'or véritable. » Il la secoua avec colère, puis, rageusement, la jeta par-dessus le parapet. Une chute de presque vingt-cinq mètres de hauteur. La nuit l'engloutit tout entière et Valérie se demanda si elle avait jamais atteint l'eau.

« Hé, attention ! La distanciation sociale, c'est un mètre quatre-vingts !

– Oh, pardon ! »

Il était presque minuit, mais on pouvait quand même le deviner, quand quelqu'un rougissait.

Ben, qui souffrait de délires paranoïaques, semblait curieusement optimiste. « Regardez, j'ai du poulet épicé.

On ne mourra pas de faim. » Il ôta le couvercle d'un gros gobelet en carton, le fit circuler. Il était vide.

« Nous sommes morts, nous sommes morts », se lamentait la jeune mère de famille en hijab jaune paille, qui se mit à pleurer.

Il s'agissait de Fatima, sage-femme et membre depuis trois ans du Club du Dernier Bus. Elle travaillait de nuit à l'hôpital. Son fils était dans les bras de sa grand-mère à Montavilla, de l'autre côté de la rivière toute noire, et il attendait qu'elle vienne le chercher.

« Oh, il faut que je retrouve mon petit...

– Tout le monde est attendu quelque part, madame. Vous n'êtes pas un cas à part.

– Pas tout le monde », murmura doucement Ben.

Valérie rectifia pour Fatima :

« Il a raison. Vous n'êtes pas toute seule. Mon fils m'attend, lui aussi. »

Et voilà qu'ils laissaient sortir les fantômes de leurs corps, en soupirant. De beaux fantômes, qui les appelaient de part et d'autre du pont.

« Ma fiancée est enceinte...

– Mon frère malade...

– Je dois nourrir Geneviève, mon caïman... »

Danny se racla la gorge.

« Je sais bien qu'il ne s'agit pas d'un concours. Je ne veux enfoncer personne. Mais nous, on se rendait auprès d'une femme qui venait de faire une crise d'épilepsie dans un jacuzzi... »

Cette déclaration ne fut pas très bien accueillie par les passagers :

« Il fallait y penser avant d'essayer de nous envoyer dans le décor !

– Choisis mieux ta voie, fiston.

– De préférence pas la nôtre, la prochaine fois.

– Si vous conduisez tous tellement bien, explosa Danny, pourquoi prenez-vous le bus ? »

C'était bon de les entendre râler, en fait. C'était un refrain qu'elle connaissait par cœur, la ballade du passager désappointé. Son bus était tombé bien souvent en panne. Deux pneus à plat sur Flavel, par un mois de juillet vésuvien. Problèmes électriques à la hauteur de Pioneer Square. Nul n'avait jamais dit : « T'inquiète, Val, je peux bien attendre encore une heure avant d'arriver à destination. »

La situation était inédite. Mais il y avait là, finalement, une sensation familière. On ne viendrait pas à leur secours. À eux neuf, ils devraient trouver une solution, annonça-t-elle.

C'est alors que l'ambiance se transforma. Chacun voulut se rendre utile, un désir qui enfla et se fractionna en une centaine de minuscules actions. Humberto regarda sous le capot. La fille aux cheveux bleus se glissa entre les pneus arrière, à la recherche d'indices. Yvonne et Danny tentèrent de ranimer l'horloge de l'ambulance. Est-ce la somme de ces modestes efforts qui reboosta ce moment, l'arrachant à cette glu cosmique ? Ou le plan d'accouchement de Fatima ?

« Écoutez, j'aurais dû y penser plus tôt. Nous sommes coincés dans l'intervalle entre 20 h 48 et 20 h 49. C'est ce qui arrive parfois au cours d'un accouchement. Et la peur fait que tout s'arrête… »

Le bus semblait attendre patiemment d'être précipité contre le parapet.

Fatima expliqua comment elle s'y prenait quand un bébé se présentait par le siège. Elle voulait essayer cette méthode avec le bus. « Danny, vous allez vous mettre à l'arrière du bus. Humberto, ne tordez pas le cou comme ça, je vais vous changer de place… »

Comme elle ne transigeait pas avec la sécurité, ils s'espacèrent, s'échelonnèrent le long du véhicule. L'important, expliqua Fatima, c'était de chanter. Un vieux truc pour stimuler un accouchement. « Ça ouvre la bouche, la gorge… tout. » Elle traça en l'air un S, allant de ses lèvres aux étoiles. « Quelque chose s'est enrayé. Je ne sais pas pourquoi. Mais je sais comment relancer un accouchement bloqué. »

Qu'auraient-ils pu faire d'autre ? Le Club du Dernier Bus suivit ses instructions. Ils chantèrent avec elle. Deux courtes respirations, une seule expiration à partir du diaphragme. Ils chantèrent, la chanson primitive d'un animal, une pression croissante se faisant sentir dans l'atmosphère lourde et électrisée. Subtilement, le pont se mit à vibrer. Et bientôt, à gémir. Leurs poumons et leurs bras étaient en feu, mais le bus ne bougeait pas. Danny, Humberto, Ben, Marla, Yvonne, Valérie, Fatima et les deux Juliette expirèrent en chœur, poussant. Fatima sourit et leva le doigt. Presque imperceptiblement, les roues commencèrent à tourner.

Poussez ! Poussez !

Pluie d'étincelles. Petites crêtes enflammées sur les pneus bleutés.

Fatima se tourna vers Danny et Yvonne :

« Pourquoi ne pas remonter dans votre ambulance ?

– Je ne tiens pas à mourir ! s'écria Danny.

– Faites marche arrière », dit-elle doucement.

Yvonne et elle échangèrent un regard.

« La journée a été longue… », murmura Yvonne.

Par la suite, ils auraient tout le temps d'être en désaccord ; la moitié d'entre eux soutiendraient que le temps s'était simplement dégelé de lui-même ; ils n'avaient rien à y voir. D'autres seraient convaincus qu'un effort musculaire, collectif, les avait sauvés. Mais lequel, au juste ? Chanter, ou pousser ?

« Tout le monde se rassoit ! À la place où vous étiez ! »

C'était Marla, amatrice d'orchidées, l'auteur de cette suggestion. « Estivation » désigne en botanique la disposition strictement symétrique des pétales et sépales à l'intérieur du bourgeon ; cela canalise l'énergie de la fleur en train de pousser. Le Club du Dernier Bus chanta en chœur du fond du bus, comme un groupe scolaire sur une aire de repos dantesque. Renversant la tête en arrière, Valérie s'époumona. Enfin, le moteur ressuscita avec un grondement.

Ensuite, les pneus couinèrent et roulèrent, une accélération bouleversante. Le brouillard se déchira, révélant de l'eau en mouvement. Un faucon traversa le ciel. Une étoile filante tomba. L'ambulance recula et fila vers sa prochaine urgence. Des ombres naissantes se concrétisèrent sur la rivière. L'une d'elles se mit à nager plutôt mollement après le bus. À bord, les ados chantaient encore, ravies, complètement faux. Des petits poissons qui passaient sous le pont croisèrent la masse aplatie du reflet du bus.

Valérie traversa le pont à vive allure sous une lune brillant comme de la cellophane. L'horloge passa à 20 h 49. Des signes se cachaient dans la trame d'une journée, d'une vie, attendant d'être recueillis. Val se rappela le petit vélo. Quelque part, une fillette dormait, du sang rouge circulait dans ses veines, bien loin de la chaussée.

C'était un peu comme retrouver ses sensations dans un pied qui s'était engourdi.

En chemin, un kaléidoscope de flashes commença à la traverser, cruellement nets – sa mère à terre, inanimée, la douleur aveuglante de la césarienne, Freddie pleurant de rire devant un café bouillant, l'odeur de caoutchouc brûlé, l'enchevêtrement complexe de toutes ces années. À présent, elle pouvait voir les vraies lumières de sa ville : vestibules vaguement éclairés des immeubles, bateaux squelettiques au port. Des campements de tentes et des hôtels vides se devinaient sur les berges. Ils retrouvaient le monde tel qu'ils l'avaient laissé : tremblant, pluvieux, luxuriant, pollué, vivant.

De l'autre côté du pont, resteraient-ils en contact ? S'enverraient-ils des cartes postales ? Créeraient-ils un groupe de parole ? Improbable. Déjà, elle devinait que les divisions se reformaient. Vacataires, salariés. Sud-Est, Nord-Ouest. Les personnes dotées d'un emploi, d'une maison et d'un but, et les personnes comme Ben. Certains oublieraient sitôt le pont traversé, d'autres resteraient marqués à jamais. Pourtant, ils avaient vécu ensemble le même cauchemar. La même évasion miraculeuse. Valérie freina au feu rouge. Demain, elle reverrait Ben sur son trajet, lui qui effectuait toujours le même tour de manège entre Gateway et Mount Scott. Peut-être pourraient-ils en parler – à travers leurs masques. Le feu passa au vert. Déjà, elle commençait à en douter.

AVEC DES SI

DAVID MITCHELL

traduit de l'anglais par Manuel Berri

« Neuf cents la semaine et même pas la vue sur la mer ? Ils vont m'entendre, TripAdvisor. »

Petit ricanement nasal de la dame. « Certes, Majesté, mais vous avez ce loft pour vous tout seul. Jacuzzi, sauna, mini-bar. » Elle saisit le code, passe sa carte et la diode verte s'allume. « Vous serez ici comme chez vous. » Les verrous claquent et la porte s'ouvre. Une cellule de deux mètres cinquante par quatre, basique au possible. Des chiottes, un bureau, une chaise, un casier. Une fenêtre aux carreaux sales. J'ai connu mieux. Et pire.

La porte se referme derrière moi, laissant apparaître le lit superposé et le blaireau allongé sur le matelas du dessus. Un Arabe, un Indien ou un Asiatique – un truc comme ça, quoi. Il a l'air aussi content de me voir débarquer que moi de le trouver là. Je cogne à la porte. « Hé, gardienne ! Il y a quelqu'un dans votre cellule ! »

Pas de réponse.

« Gardienne ! »

C't'e connasse est déjà ailleurs.

Météo du jour : nuageux toute la journée.

Je balance mon sac sur le lit. « Génial. » Je regarde l'Asiatique. Il a pas l'air féroce ; mais mieux vaut se méfier. Je devine qu'il est musulman. « On m'a transféré de Wandsworth, je lui explique. Chui censé être en quarantaine. Un par cellule, quoi. Mon codétenu a chopé le Covid.

– On m'a testé positif, a répondu l'Asiat'. À Belmarsh. »

Belmarsh, une prison de haute sécurité. Direct, je pense : *Un terroriste ?*

« Non, a fait l'Asiat', je ne fais pas partie de Daesh ; non, je ne prie pas tourné vers La Mecque ; et non, je n'ai ni quatre femmes ni dix gosses. »

Je me demandais, j'avoue.

« T'as pas l'air malade.

– Je suis asymptomatique. » Il se tait. Je suis pas trop sûr de ce que ça veut dire. « Comme j'ai les bons anticorps, je ne suis pas malade ; mais j'ai le virus et peux donc le transmettre. Ils n'auraient vraiment pas dû te mettre avec moi. »

Bah bravo. La Justice a encore merdé. Il y a un bouton d'appel pour les urgences, alors j'appuie dessus.

« Il paraît que les gardiens ont coupé les fils, dit l'Asiat'. Pas mal, pour avoir la paix. »

Je le crois sur parole.

« J'imagine que c'est trop tard, de toute façon. Par rapport au virus. »

Il allume une roulée.

« Tu as sans doute raison.

– C'est encore ma veine légendaire, ça. »

Un bruit de chasse d'eau dans une évac'.

« Comment ça ?

– Façon de parler. »

Deuxième jour. Pogo Hoggins, avec qui on m'avait collé à la prison de Wandsworth, ronflait aussi fort qu'un avion à réaction. Zam, l'Asiat', est du genre silencieux quand il dort, et au réveil, je me sens plutôt pas mal.

Au moment où la guillotine en bas de la porte se soulève et qu'on nous glisse le plateau du petit-déj, je suis déjà à quatre pattes, prêt à capter l'attention de l'agent de service.

« Hé, chef.

– Quoi ? » Plus saoulé que lui, tu meurs.

« Déjà, on nous a collés à deux dans cette cellule. »

Je vois une paire de Nike, un tibia et la roue d'un chariot.

« C'est pas ce que j'ai sur ma liste. »

Un gros Noir, à en croire sa voix.

Zam se met à genoux à côté de moi.

« Il y a manifestement une erreur dans votre liste. Et nous sommes censés être en quarantaine, chacun en cellule individuelle. »

Le gros Noir rabat la guillotine du bout du pied. Mais comme elle peine à descendre, j'ai le temps de réclamer une deuxième boîte.

« Bien tenté, mais non. » La guillotine retombe et claque.

« Vas-y, toi, fait Zam, je n'ai pas faim. »

Sur la boîte de petit-déj, un cochon et une bulle où il y a d'écrit : *Deux succulentes saucisses !*

« Pourquoi ? Parce que c'est du porc ?

– Je mange très peu. C'est un de mes pouvoirs de super-héros. »

J'avale l'unique saucisse en moins de deux. Pas franchement succulent, et c'est pas du porc non plus. Je tends à Zam les crackers et le yaourt périmé. Il refuse encore. Faut pas me le dire deux fois.

Météo du jour : nuageux, avec quelques éclaircies.

La télé est complètement flinguée, mais aujourd'hui on arrive à regarder Channel 5. Il y a *The Ricki Pickett Show*. Ça doit être une rediff. Ils sont tous collés les uns aux autres dans le studio, à s'échanger leurs microbes. Titre de l'émission du jour : « Ma cougar de mère m'a piqué mon petit copain ». Je regardais ce programme avec Kylie quand elle était enceinte de Gem. Ça nous faisait marrer, de regarder ces demeurés rageux et pleurnichards s'entretuer. Plus maintenant. Même le plus paumé, le plus fauché, le plus minable d'entre eux est mieux loti que moi. Et il ne le sait même pas.

Troisième jour. Pas la grande forme. Vilaine toux. J'ai demandé au Gros Noir à voir un toubib. Il a répondu m'avoir mis sur liste d'attente, mais il nous a encore donné qu'une seule ration au petit-déj et au déj. Zam m'a dit de la prendre. Qu'il fallait garder des forces. On n'est pas sortis une seule fois de notre cellule depuis le début. On n'a pas droit aux promenades. Ni aux douches. Moi qui croyais que ça allait être cool, la mise en quarantaine ; tu parles, c'est comme être au mitard. La télé nous a accordé une demi-heure d'ITV News. Ce gros con de Premier ministre avec sa coupe de balai à chiottes, là, qui nous demande de « rester vigilants » ! Et l'autre inébranlable génie de président américain, de « boire de l'eau de Javel » ! La moitié des États-Unis voit toujours ce gars comme un don du ciel. Pays de tarés. Après, ils ont parlé un peu de la manière dont les célébrités passent le confinement. Je ne savais pas s'il fallait en rire ou en pleurer. Puis la télé est tombée en rade. J'ai fait quelques pompes, sauf que mes quintes de toux sont revenues. Et il n'y a pas qu'un peu d'air qui me ferait du bien. Faut que je demande au Gros Noir s'il a pas du *spice*. Ce sera le double du prix et à créd, mais il m'en faut. À midi, on a eu droit à de la soupe lyophilisée à la queue de bœuf. Ou de renard, j'aurais dit. J'ai tout bu et puis j'ai vu le rat sur le rebord du lavabo. Tout balèze, tout noir. Du genre à te bouffer un orteil.

« Tu as vu c'te rat ? Il s'est cru chez lui ou quoi ?

– Chez lui, il l'est un peu », a répondu Zam.

Je l'ai visé avec ma pompe. Raté.

Il a fallu que je me lève pour qu'il détale via un trou sous les chiottes. Je l'ai bouché avec quelques pages du *Daily Mail*.

Toutes ces émotions, ça m'avait crevé.

J'ai fermé les yeux et sombré.

Météo du jour : temps couvert, puis averses l'après-midi.

J'ai pensé à Gemma, à la dernière fois où Kylie l'a emmenée à Wandsworth. Elle avait cinq ans. Elle en a maintenant sept. Dehors, le temps passe vite et lentement. Ici, le temps se traîne. Un poison. Gem avait apporté à la prison le Mon Petit Poney que Kylie lui avait acheté pour son anniversaire en prétendant que le cadeau était de moi. D'ailleurs, c'était un faux Mon Petit Poney, qui sortait d'un magasin « Tout à 1£ » – mais Gem s'en tapait. Elle l'avait baptisé Flèche Myrtille. Elle disait que c'était un poney plutôt gentil, même s'il faisait pipi dans le bain.

« Où ils vont chercher tout ça, hein ? » a commenté Zam.

Quatrième jour. Le toubib s'est présenté : « Monsieur Wilcox, je suis le docteur Wong. »

J'ai vu ses yeux bridés au-dessus de son masque. J'avais mal à la gorge, mais il m'avait tendu une perche :

« J'aurais préféré le docteur *Right*[1].

– Si on m'avait donné un billet à chaque fois que je l'ai entendue, celle-là, j'aurais déjà ma villa dans les îles

1. Le contraire de *wrong*, phonétiquement proche du nom du docteur. *(N.d.T.)*

Caïman. » Il avait l'air réglo. Il m'a pris la température en me collant un machin dans l'oreille. Puis ma tension. Et m'a ramoné le fond du pif.

« Ces tests ne sont toujours pas au point, je le déplore, mais vous m'avez tout l'air d'être positif.

– Ça veut dire que j'ai droit à un séjour dans un hosto avec tout un tas de jolies infirmières, alors ?

– La moitié des infirmières sont en arrêt-maladie et les hôpitaux sont saturés. Tout comme l'infirmerie. Tant que ce n'est qu'une petite gêne respiratoire, prenez votre mal en patience. Vous êtes bien mieux ici, croyez-moi. »

Météo du jour : temps agité jusqu'à demain.

Mon oreille déconnait. Zam a demandé s'ils n'avaient pas installé un hôpital de campagne dans l'est de Londres, mais c'était comme si je l'entendais de loin.

« Ils ne prennent pas les prisonniers », m'a répondu le Dr Wong.

Ça m'a mis les nerfs.

« De quoi ils flippent ? Que je me barre avec mon respirateur et le refourgue sur eBay ? Ceux qui sont logés aux frais de la princesse ont moins le droit de vivre que les autres ? »

Dr Wong a haussé les épaules. La réponse, on la connaissait. Il m'a refilé six cachets de paracétamol, six flacons de Ventoline et un de codéine en sirop.

Zam a dit qu'il veillerait à ce que je suive bien le traitement.

« Bonne chance, a fait le Dr Wong. Je repasserai vous voir bientôt. »

Moi et Zam, on était de nouveau seuls.

Un bruit de chasse d'eau dans une évac'.

Restez vigilants. Buvez de l'eau de Javel.

Six saucisses bien grasses grésillent dans la poêle. Je raconte à Kylie ce cauchemar bizarre où j'étais en taule. La piaule de Laverty, la prison, Zam ; elle, Gem et Steven. Purée, ça paraissait tellement vrai. Kylie a rigolé. « Mon pauvre Luke… Je ne connais même pas de Steven. » Puis j'accompagne Gem à l'école, du côté de Gilbert's End. Des verts clairs et des pelouses denses. Le soleil sur mon visage. Des chevaux qui cavalent au loin, comme dans *Red Dead Redemption*. Je raconte à Gem qu'il y a longtemps, moi aussi j'avais été à Saint Gabriel's. L'année où j'avais habité chez mon oncle Ross et ma tante Dawn, ici, à Black Swan Green. Le directeur, c'est toujours M. Pratley. Il n'a pas pris une ride. Il me remercie d'avoir accepté son invitation. Je lui dis que Saint Gabriel's est la seule école que j'ai connue où je n'avais pas à choisir entre être bourreau ou victime. Ensuite, je me retrouve dans mon ancienne classe. Il y a mes cousins Robbie et Em. Et Joey Drinkwater. Sakura Yew. « Il y a trente ans, le coronavirus a changé la face du monde, fait M. Pratley, mais Luke s'en rappelle comme si c'était hier. N'est-ce pas, Luke ? » Tout le monde me zyeute. Le virus est de l'histoire ancienne. Ça veut dire que j'ai cinquante-cinq ans. Le temps file quand on est dehors. Et puis, je le vois, lui. Au fond de la classe. Bras croisés. Il est lui, et moi, je suis moi. Ni lui ni moi ne connaissons le nom de l'autre. Sa blessure au cou s'ouvre et se ferme comme la gueule d'une bestiole des fonds marins dans un docu de David Attenborough. Son visage, je le connais mieux que le mien. Figé. Il sait. Il est triste. Muet. C'est l'air qu'il avait quand il pissait tout son sang sur le canapé de Laverty. La moitié de la gorge en moins. C'était son flingue. On se l'arrachait des mains. *Pan*. Ce que je regrette. Si ça avait pu ne pas arriver, putain. Mais avec des si, on mettrait Londres en bouteille. Je me réveille. Malade comme un chien. Au trente-sixième dessous. Encore trois ans avant même la possibilité de déposer une demande de remise de peine. Cinquième jour de quarantaine. Orages en perspective. Le tonnerre. Pourquoi il faut que je me réveille ? Pourquoi ? Tous les jours, c'est la même. J'en peux plus. J'en peux plus, merde.

Sixième jour. Enfin, je crois. Des bourrasques. Par moments, des éclairs. Mon corps est un sac mortuaire. Bourré de douleur, de gravier chaud et de moi. Trois pas jusqu'aux chiottes suffisent à m'épuiser. J'ai mal. Respirer me fait mal. Ne pas respirer aussi. Tout me fait mal, putain. C'est la nuit, pas le jour. La septième. Non, la huitième ? Zam dit que je suis déshydraté. Il me fait boire. Il doit aller chier quand je dors. Plutôt délicat de sa part. Pogo Hoggins chiait matin, midi et soir. Cet enfoiré de rat m'a devancé pour le petit-déj. Il a fait un trou dans la boîte et s'est barré avec la saucisse. Pas trop faim mais quand même. Je pourrais canner ici que personne ne le saurait avant la fin de la pandémie. Personne, sauf le rat. Et sa bande de crève-la-dalle. Si je meurs ici, de quoi Gem se rappellera ? D'un décharné au crâne rasé en tenue de prisonnier qui chiale devant son dessin de Maman-Papa-Gemma-et-Flèche-Myrtille. Et d'ici quelques années, même ce souvenir disparaîtra. Je ne serai plus qu'un nom. Un visage sur un téléphone qu'un jour on supprime. Un cadavre dans le placard. Le criminel de la famille. Trafic de drogue et homicide. Joli palmarès. Les futures photos de famille de Gem la montreront elle, sa mère, Steven et le dernier-né, son petit frère. Pas « demi-frère », hein. Son frère. Et tu sais quoi ?

« Quoi donc ? » Zam me verse une cuillérée de sirop codéiné. « Avale. »

J'obéis.

« C'est mieux si Gem m'oublie.

– Et comment tu en es venu à cette déduction ?

– Qui est-ce qui lui file à manger ? De quoi s'habiller ? Qui fait qu'elle n'a pas froid l'hiver ? Qui lui a acheté le Château magique Mon Petit Poney ? Steven, le citoyen modèle. Le chef de projet. Qui a fait Sup de Co.

– Alors que toi qui pleurniches, tu as fait sup de stups.

– Si je pouvais lever le bras, je t'en collerais une.

– Fais comme si tu avais pu. Et Gemma, tu ne crois pas qu'elle aurait son mot à dire ?

– La prochaine fois qu'elle me verra, j'aurais la trentaine passée.

– Autant dire un vieillard. »

Zam est plus vieux que moi. Je n'arrive pas à lui donner d'âge.

« Et encore, si j'ai de la chance et que je pourrai me casser le dos dans un entrepôt Amazon. Mais il y a de grandes chances pour que je me retrouve à faire la manche devant un supermarché et finisse par réatterrir ici. Tu crois vraiment que Gemma – ou n'importe quelle gamine – aura envie de dire “C'est lui, mon père” ? Comment tu veux que j'arrive à la cheville de Steven ?

– Contente-toi d'être toi-même, Luke, et de rester focus.

– Luke est un toxico, un clodo, un pauvre nul.

– Il y a à boire et à manger chez Luke. Sois ce qu'il y a à manger.

– On croirait entendre le jury dans *X Factor*.

– C'est un compliment ?

– C'est surtout que c'est facile. Tu sais causer, Zam. T'as un compte en banque. Tes études pour toi. Des amis. Un filet de sécurité. À ta sortie, t'auras le choix. Moi, j'aurais mes vingt-huit livres d'allocations de sortie et… » Je ferme les yeux. Je vois la piaule de Laverty. Ce type qui sera mort pour toujours. Mort. À cause de moi.

« Ce qu'on a fait n'est pas ce qu'on est, Luke. »

Mon cerveau est un poids plume enfermé dans une cage avec l'Incroyable Hulk. Il continue à me laminer.

« Tu es quoi, Zam, putain ? Un curé ? »

Je ne l'avais jamais entendu rire.

« Bonjour monsieur Wilcox. » Les yeux bridés. Le masque.

La fièvre a levé le camp.

« Docteur *Right*.

– À nous les îles Caïman ! Bon, toujours vivant ? »

Météo du jour : temps sec, éclaircies.

« Toujours vivant. Ça va à peu près. Grâce à Zam, mon infirmière.

– Très bien. Qui est ce Sam ?

– Zam. Avec un Z. » Je tends l'index vers le lit du haut.

« Vous voulez dire… une puissance supérieure ? Ou le directeur de la prison ? »

Je ne comprends pas, et lui non plus.

« Non. Zam : mon binôme.

– Votre compagnon de cellule ? Ici ? En quarantaine ?

– C'est un peu tard pour prendre cet air étonné, docteur. Vous l'avez vu la dernière fois. Un Asiatique. » Je l'appelle. « Hé, Zam ! Montre-toi donc. »

Zam répond que dalle. Le Dr Wong a l'air sur le cul.

« Jamais je n'aurais admis qu'on mette deux détenus dans une même cellule de l'aile de quarantaine.

– Bah, faut croire que si, docteur.

– Si nous avions été trois, je pense que je l'aurais remarqué. Cette pièce ne regorge pas vraiment de cachettes. »

Un bruit de chasse d'eau dans une évac'.

J'interpelle Zam : « Vas-y, Zam, explique-lui. »

Mon binôme ne répond pas. Il dort ? Il a clamsé ?

Le docteur Wong paraît inquiet.

« Luke, avez-vous eu accès à des drogues de nature récréative autres que celles que je vous ai prescrites ? Je n'en parlerai pas aux gardiens. Mais, étant votre médecin, il me faut savoir.

– Vachement marrant, Zam... » Je me lève et me redresse. Le lit de Zam est vide : ni draps, ni couvertures, rien.

SYSTÈMES

CHARLES YU

traduit de l'anglais (États-Unis)
par Aurélie Thiria-Meulemans

Ils ont besoin les uns des autres. Aiment être entourés les uns des autres. Aiment se toucher les uns les autres.

Ils lancent des recherches :
  Harry et meghan
  hary et megan Canada
  résolutions du nouvel an
  résolutions du nouvel an combien de temps

Ils aiment être avec leur famille. Ils aiment être avec des inconnus. Ils travaillent dans de petits endroits, ils s'entassent dans des boîtes et y déplacent de l'air. Dorment dans des boîtes. Ont besoin les uns des autres. Se touchent les uns les autres. Ils se déplacent dans le monde. Partout dans le monde. Comme nous.

Ils lancent des recherches :
  Harry et William
  meghan et kate
  Meghan et Kate dispute
  football américain séries éliminatoires

Ils se demandent :
  devrais-je avoir peur
  à quel point devrais-je avoir peur

Ils se demandent : qu'est-ce que le coronavirus. Le coronavirus c'est quoi. Idées pour la soirée des Oscars. État de l'Union. État de l'Union quelle heure. Résultats du Superbowl. Tartinade de haricots épicée. Tartinade de haricots pas trop épicée. Ils se demandent s'ils devraient avoir peur, mais c'est déjà le cas.

Ils suivent des schémas répétitifs. Des week-ends. Des vacances. Ils ont une façon de faire les choses. Ils ne voient pas comment ils pourraient s'en défaire.

Ils ont des points faibles. Ils ont besoin les uns des autres. Aiment être entourés les uns des autres. Ils émettent des bruits. Ils ouvrent la bouche, déplacent de l'air et émettent des bruits les uns au visage des autres. Ha ha ha est un bruit. Merci est un bruit. Tu as vu ce truc à propos de meghan et harry est un bruit.

Ils appartiennent à des systèmes. Et les systèmes sont soumis à une pression. Celle de grossir. De produire plus. Toujours plus.

Ils vont dans leurs boîtes à air, et dans ces boîtes, il y a de plus petites boîtes, et encore plus petites, et nombre d'entre eux s'y faufilent, s'y asseyent et partagent l'air.

Leurs mouvements semblent tout d'abord l'effet du hasard, mais en les étudiant on comprend que les systèmes suivent des schémas répétitifs. Le jour les fait sortir de leurs petites boîtes, et ils bougent tous ensemble par flux. Par flux énormes. Parfois ils voyagent assez loin de leur propre boîte jusqu'à des centres névralgiques, où ils se rassemblent dans de grandes boîtes. Ces flux sont terrestres. Mais ils sont aussi capables de voyages aériens. Ils se classent entre eux et répartissent le travail. Leur travail consiste à produire plus. Toujours plus. Toute la journée, ils se répartissent dans de nouveaux groupes, qui se reforment sans cesse. On déplace de l'air. On se touche. Quand la lune brille, ils regagnent leur propre boîte ou bien une autre.

Quand il fait plus doux, ils passent moins de temps dans les boîtes. Quand il fait plus froid, ils chauffent leurs boîtes. Ils suivent les cycles de la terre, de la lune et du soleil. La plupart vivent pendant de nombreux cycles.

Ils lancent des recherches : idées de premier rendez-vous. Bar à tapas. Tapas centre-ville. Wuhan. Wuhan où. Sushi près de chez moi. Comment savoir si je l'intéresse. Premier rendez-vous : comment savoir si ça s'est bien passé. Idées de second rendez-vous. Italie. Lombardie. Virus chinois. Virus chinois Trump. Coronavirus versus la grippe. Covid pas si dangereux.

Ils lancent des recherches : pourquoi certains disent que le coronavirus n'est pas si dangereux. Nouvelles sources fiables. Fauci. Fauci qualifications. Gif de Fauci qui se prend la tête. Fauci BG. Fauci marié.

Ils se divisent en différents groupes. Ils disent : certains d'entre nous sont eux et certains d'entre nous sont nous. Ils ne disent pas toujours la vérité. Ils répandent de nouvelles données. Toujours plus.

Ils se demandent :
qui a inventé le coronavirus
l'OMS a inventé le coronavirus

Ils lancent des recherches : gouverneur. Confinement.

Ils changent leurs schémas répétitifs.

Ils lancent une recherche :
ça fait combien un mètre cinquante de distance

Ils se demandent : c'est quoi Zoom. Comment on utilise Zoom. Notes à l'école. Est-ce que mes notes comptent.

Ils lancent des recherches. Ils cherchent des schémas répétitifs. Ils accumulent des données. Ils cherchent des schémas répétitifs dans les données et là ils font quelque chose d'inattendu : ils changent leurs propres schémas répétitifs. Plus de flux vers les grandes boîtes. Les centres névralgiques sont vides. Les flux ont disparu. Les migrations aéroportées ont disparu. Ils restent immobiles dans de petites boîtes.

Ils se demandent : Chromebooks pas chers. C'est payant Zoom. Enfants qui s'ennuient. Activités pour les enfants qui s'ennuient. Comment remercier les profs. Appréciation des profs. Faire pousser des oignons. Faire pousser des oignons quelle vitesse. Équation quadratique. Fonctions trigonométriques. Sinus, cosinus, tangente. Comment garder l'espoir pour les enfants. Comment avoir l'air de garder l'espoir pour les enfants. Confinement combien de temps encore. Que dire aux enfants.

Leurs plus âgés sont assis seuls dans des boîtes. À regarder de plus petites boîtes. Leurs plus âgés ont du mal avec l'air.

Ils trouvent des schémas répétitifs, mais certains ont besoin de trouver plus de schémas répétitifs.

Montrer les résultats pour : coronavirus

Nouvelle recherche : coronavirus complot

Ils se demandent : comment couper les cheveux. Comment rattraper une coupe enfant. Bonnets pour les enfants.

Les plus jeunes lancent des recherches : interview d'un astronaute. Visite virtuelle musée. L'école reprend quand. La Chose contre Hulk qui gagne. Hulk contre Thor sans marteau qui gagne. Hulk et La Chose contre Thor bourré qui gagne. Coronavirus vérité. Enfants coronavirus. Idées pour la fête des Mères. Cadeaux pour ta mère. Cadeau à faire à sa mère pas d'argent. Tous les Spiderman contre Hulk qui gagne.

Ils ont besoin les uns des autres, s'aiment les uns les autres. Ils se manquent les uns aux autres.

Ils se demandent :

les chats peuvent-ils être déprimés

Ils lancent des recherches :

Dons à la banque alimentaire. Banque alimentaire près de chez moi.

Pandémie c'est quoi. Autorisation de sortie c'est quoi. Comment protéger les enfants. Comment protéger les personnes âgées. C'est quoi âgé. Suis-je âgé.

Qu'est ce que

Comment

Est-ce grave si
J'ai le droit de

Les chiffres. Les chiffres en hausse. Les chiffres augmentent.

Temps d'incubation du coronavirus. Y a-t-il un vaccin contre le coronavirus ? Comment échapper au coronavirus ? Le coronavirus comment ça a commencé ? Le virus devient-il plus grave ? La santé mentale c'est quoi ? Comment savoir si je suis en dépression ? Traiteurs les moins dangereux ?

Ils lancent des recherches :

Alerte : allocation suspendue
Allocation chômage suspendue : qu'est-ce que ça veut dire
Numéro pôle emploi
Quand est-ce qu'on rouvre Lexington
Quand est-ce qu'on rouvre Flint
Quand pourrons-nous rouvrir Bowling Green

Quand le temps se réchauffe, ils changent à nouveau leurs schémas répétitifs. Ils sont sensibles à la température et passent moins de temps dans leurs boîtes.

Beaucoup d'entre eux meurent. Quand ils meurent, ils ne déplacent plus d'air. Quand ils meurent ils ne lancent plus de recherches.

Le temps change et leurs schémas répétitifs changent aussi. Immobiles dans leurs boîtes pendant de nombreux cycles, ils commencent à émerger. Certains ont faim.

Certains ont faim. Ils relancent le système. Petit à petit, les flux reprennent. La pression s'accumule. Toujours plus. Ils font à manger. Certains ont trop à manger. Certains partagent avec d'autres. Certains font la queue pour manger.

Ils lancent des recherches :
chat toujours déprimé
sommes-nous dans un marché baissier
marché baissier qu'est-ce que c'est
c'est quoi la baisse de l'impôt prélevé à la source
qu'est-ce que la loi martiale
comment trouver un refuge
villes les plus sûres

Qu'est-ce qui est considéré comme de la fièvre. Qu'est-ce qui est considéré comme une toux sèche. Qu'est-ce qui est considéré comme essentiel.

Qu'est-ce qui est ouvert en ce moment. Loi Marsiall c'est quoi. Comment faire du gel hydro-alcoolique. Comment fabriquer un masque chirurgical. Comment faire un masque avec un tee-shirt. Faire un masque avec une culotte. FFP2 c'est quoi. Comment faire baisser la fièvre. Vivre seul. Et si je suis tout seul.

Ils ont des sous-groupes. Ces sous-groupes sont virtuellement impossibles à distinguer. Génétiquement. Ils ont des signaux invisibles qui permettent aux membres d'un sous-groupe d'en reconnaître les autres membres. Ils se divisent. Ils disent : certains d'entre nous sont nous et certains d'entre nous sont eux.

Ils ont des points faibles.

Certains sont agressifs. Certains sont perdus. Certains ont la mémoire qui flanche. Certains ne parviennent pas à changer leurs schémas répétitifs. Ils ont des systèmes. Des systèmes d'air. D'informations. D'idées.

Certains pensent que respirer est un droit.

Certains n'arrivent pas à respirer.

Certains envoient des signaux contenant des informations incorrectes sur leur environnement.

La désinformation se répand rapidement dans la population.

La désinformation peut se transmettre par la bouche ou par les yeux.

Ces signaux abusent certains d'entre eux.

D'autres parmi eux nous étudient.

Ils savent ce que nous sommes. Pas tout à fait vivants. Invisibles. Des informations.

Ils ont des signaux invisibles.

Ils se parlent. Ils déplacent de l'air. Ils ont besoin les uns des autres, s'aiment les uns les autres. Se manquent les uns aux autres. Pensent les uns aux autres.

Ils domptent des forces invisibles. L'électromagnétisme. La lumière. Ils sont comme nous. Ils ont des codes. Des codes faits de séquences symboliques. Ils encodent des informations et les répandent.

Ils peuvent être dans leurs petites boîtes et s'envoyer des signaux pour coordonner leurs actions. Ils peuvent être un seul et plusieurs en même temps, en quelque sorte. Ils ont des cellules, ils ont des transmissions, ils ont des pouvoirs magiques. Ils peuvent communiquer à travers l'espace et le temps.

Ils ont la science.

Ils savent que :

Environ 8 % du génome humain est de l'ADN viral.

Ils savent que nous ne serons jamais séparés. Pas de sous-groupes. Pas de nous et de eux.

Ils lancent des recherches :

Manifestation lieu

Manifestation danger

Comment manifester

Ils se rendent compte que :

C'est quand ils sont ensemble que ça se répand.

C'est quand ils sont ensemble qu'ils trouveront la solution.

Ils vont subsister. Émerger de leurs petites boîtes dans de petites boîtes dans de petites boîtes et sortir au soleil. Les cycles reprendront. Ils se transmettront des messages les uns aux autres. Certains d'entre eux seront perdus. Certains partageront leur nourriture. Certains produiront toujours plus. Certains mourront. Certains auront faim. Certains seront seuls.

Les systèmes perdureront. Mais certains pourraient bien changer les systèmes. Les reconstruire. Fabriquer de nouveaux schémas répétitifs. Ils voleront à nouveau, se réuniront à nouveau en des points névralgiques, se rassembleront par milliers pour déplacer de l'air les uns au visage des autres, ha ha ha, et les autres bruits qu'ils font pour s'envoyer des signaux invisibles.

Certaines choses ne changeront pas. Ils auront besoin les uns des autres. S'aimeront les uns les autres. Se manqueront les uns aux autres. Ils auront des points faibles. Et des points forts. Ils se demandent : Harry et Meghan actualités. Harry et Meghan la suite.

LE COMPAGNON DE ROUTE IDÉAL

Paolo Giordano

traduit de l'italien par Nathalie Bauer

L'abstinence a commencé avec l'arrivée de Michele. Michele est le fils de ma femme. Nous ne vivons plus ensemble depuis quatre ans, depuis qu'il fréquente l'université de Milan et que Mavi et moi avons emménagé dans un appartement plus petit, convenant à deux personnes.

Quand la situation a vraiment mal tourné dans le Nord, Michele m'a téléphoné. Il a dit : J'arrive cette nuit.

Pourquoi ?

Milan n'est pas sûr.

Mais les trains doivent déjà être pleins. Et très chers.

Le train non plus n'est pas sûr. Je prends un BlaBlaCar.

J'ai objecté qu'un train infecté me semblait de toute façon plus sûr que six heures dans une voiture avec un inconnu au volant.

Objection rejetée : Le conducteur a une super note, a-t-il dit.

Quelques heures avant d'aller le chercher, je me suis allongé à côté de Mavi. Je lui ai dit : Je crains d'avoir oublié comment on vit à trois.

Moi non, hélas, a-t-elle répondu. Peux-tu éteindre la lumière ?

Mais j'étais nerveux, je ne l'ai pas lâchée. Nous avons fait l'amour, et ça a duré très peu de temps. Il y avait une densité d'air différente dans l'appartement, quelque chose qui m'oppressait.

C'est sans doute le stress, ai-je dit en revenant de la salle de bains.

Mavi s'était apparemment endormie.

Oui, c'est sans doute le stress, ai-je répété. À cause de l'épidémie et de tout le reste.

Sa main s'est posée sur mon avant-bras en un geste de réconfort. Je l'ai gardée là un moment, puis je me suis habillé pour sortir.

J'ai attendu Michele à l'endroit convenu, un terre-plein désolé à l'extérieur de Rome, bien au-delà du périphérique. Des mauvaises herbes dans les fissures de l'asphalte et un bar dont les clients fixaient sur moi un regard torve, sans doute parce que j'étais assis dans la voiture depuis plus d'une demi-heure. À trois heures du matin.

Je repensais à d'autres attentes de ce genre, quand Michele avait neuf, dix, onze ans. Mavi et son ex-mari choisissaient eux aussi des endroits incongrus pour ces échanges d'otage. Parkings de centres commerciaux, carrefours de rues. Je restais dans la voiture en feignant d'être absent. Puis Mavi et Michele montaient, et personne ne prononçait un mot jusqu'à l'appartement. Je sélectionnais la musique avec soin pour éviter qu'elle ne soit ni trop triste ni trop gaie, une musique qui ne susciterait rien. Ça n'allait jamais très bien.

J'ai regardé Michele tirer du coffre une valise énorme. Comptait-il donc séjourner longtemps chez nous ? Le conducteur est descendu à son tour, ainsi qu'une fille qui avait un petit chien dans les bras. Ils se sont salués affectueusement.

Un instant plus tard, dans la voiture, Michele s'est plaint de la fille, qui les avait obligés à faire un détour absurde à Bologne et n'avait parlé du chien à personne. Et s'il avait été allergique, lui ?

Mais Michele n'est pas allergique aux chiens. Il est allergique aux chats. Lorsque je l'avais emmené chez mes parents pour le leur présenter, il s'était planté sur le seuil, refusant d'entrer parce que, prétendait-il, les poils lui causeraient une crise d'asthme.

Une fois cette diatribe terminée, il a gardé le silence un moment. Il scrutait la ville sombre de l'autre côté de la vitre.

Ils ne se montrent plus, hein ? a-t-il déclaré ensuite.

Qui ?

Les Chinois.

Quand il avait neuf, dix, onze ans, Michele refusait d'utiliser les couverts Ikea sous prétexte qu'ils étaient fabriqués en Chine. Il était impossible de lui ôter de la tête cette association entre Ikea et la Chine. Nous avions fini par nous résigner, ou plutôt Mavi s'était résignée. Elle l'avait doté d'un set de couverts personnels, des couverts marqués de l'inscription : Made in Italy.

S'ils ne se montrent pas, c'est peut-être parce qu'on est en pleine nuit, ai-je dit.

Mais il a insisté : Tu dois reconnaître que j'avais raison sur leur compte. Tu dois le reconnaître.

Je ne l'ai pas reconnu. Je surveillais du coin de l'œil les surfaces de l'habitacle qu'il touchait. Après tout, il arrivait de Milan, le centre du foyer contagieux.

Enfin, je n'ai plus pu me retenir : Tu t'es désinfecté les mains ?

Évidemment.

Puis, comme s'il répondait à ma révolte intérieure contre sa présence, il a ajouté : J'ai la note maximale sur BlaBlaCar. En tant que passager. Je suis, semble-t-il, le compagnon de route idéal.

Quelques jours plus tard, l'Italie constituait une grande zone rouge. Interdiction de se déplacer d'une région à l'autre, obligation de demeurer dans un rayon de deux cents mètres autour de chez soi. Vous deviez rester là où vous vous trouviez, Michele compris. Nous étions piégés.

En rentrant du supermarché, j'ai dit à Mavi : Avec le masque, j'ai senti que j'avais l'haleine un peu âcre.

Elle n'a pas cessé de feuilleter la revue qu'elle feuilletait.

Ça doit être le manque de lumière, ai-je lâché. La vitamine D. C'est possible, non ?

C'est alors que Michele a traversé la cuisine, torse nu. J'aurais voulu lui dire de s'habiller, lui expliquer que je n'aimais pas qu'il se promène ainsi dans l'appartement, mais, quand il se lève, il vaut mieux ne pas lui adresser la parole, raison pour laquelle je m'en suis abstenu.

À vue d'œil, il pesait plus lourd que moi. J'avais l'impression que son corps occupait beaucoup d'espace. Puis je me suis rappelé que j'avais élaboré cette même pensée de nombreuses années plus tôt, alors qu'il pesait un tiers de son poids actuel et qu'il me détestait de cette façon limpide dont chaque enfant sain d'esprit déteste son beau-père.

Dès que la porte de la salle de bains s'est refermée, j'ai lancé à Mavi : Tu as vu ? Il portait mes chaussettes.

C'est moi qui les lui ai données. Les siennes sont trop épaisses.

Mais ce sont des chaussettes auxquelles je tiens.

Elle m'a jeté un regard bizarre : Des chaussettes auxquelles tu tiens ?

Un peu.

Ne t'inquiète pas, on peut les laver.

Malgré moi, je m'étais rembruni. À cause de mon haleine et de mes chaussettes, même si j'ignorais dans quelle proportion. Ou alors parce que, depuis l'arrivée de Michele, Mavi et moi ne nous étions plus effleurés. J'étais incapable de déterminer la raison principale de cet éloignement : la pandémie, Michele, ou ma dernière approche désastreuse le soir de son arrivée. Une chose était certaine : au lit, je regardais le dos de ma femme se détacher dans la pénombre, et il m'évoquait une montagne à escalader, une montagne trop élevée.

Je repensais souvent à l'interview d'un chanteur que j'avais lue dans *Rolling Stone* après le 11-Septembre. Il racontait que, devant les images des gratte-ciel en fumée, sa fiancée et lui s'étaient mis à faire l'amour furieusement. Pendant des heures et des heures, expliquait-il. Le sexe contre la peur. Un acte créateur pour s'opposer à la destruction. Forces cosmiques, Éros et Thanatos, ce genre de trucs.

Et nous, Mavi et moi ? Immobiles. Éloignés l'un de l'autre. Alors que, dehors, le monde était de plus en plus épouvantable.

Les chaussettes n'étaient que le début. La conquête de Michele se poursuivrait sur plusieurs fronts, je le savais. Et ça n'a pas manqué.

Il a promptement réquisitionné le câble Ethernet qui assure une connexion stable. Pour les cours en ligne de l'université, a-t-il prétendu. Puis ça a été le tour de mon casque.

Utiliser les écouteurs trop longtemps lui fait mal aux oreilles, a expliqué Mavi.

L'unique balcon de l'appartement est devenu le royaume de ses pauses. Il alignait chaque jour sur le rebord des mégots blancs que je ne pouvais pas m'empêcher de compter avant de les jeter à la poubelle. Quand je lui ai signalé que le vent risquait de les pousser sur le balcon de l'étage inférieur, il a répondu que c'était à ses yeux une hypothèse absurde.

Enfin, il a demandé à utiliser mon bureau. Avant de me laisser élaborer une défense, il a ajouté : De toute façon, tu ne travailles jamais le soir.

C'était le premier vendredi du confinement. J'ai mâché lentement ma bouchée de poulet.

Pourquoi en as-tu besoin ?

Pour Houseparty.

J'ignorais totalement ce qu'était Houseparty, mais je ne l'ai pas dit. Cela aurait été un signe de faiblesse.

On est plus au calme chez toi, a insisté Michele.

En effet. C'est pour cette raison que c'est mon bureau.

Mavi m'a jeté un regard déçu, aussi me suis-je levé et ai-je ouvert le réfrigérateur sans rien chercher à l'intérieur. Il y avait là six cannettes de Tennent's Super, des munitions pour la soirée.

Houseparty, ai-je répété en moi-même.

Plus tard, j'ai augmenté le volume de la télévision pour couvrir les rires de Michele et la musique qui s'échappait des haut-parleurs de son ordinateur portable. Plus il était survolté, plus j'avais la sensation de m'enfoncer.

C'est un peu sordide d'assister en direct à une de ses fêtes, non ? ai-je lancé à Mavi.

Il s'amuse juste avec ses copains. Ils sont loin, ils lui manquent.

Il pourrait le faire plus silencieusement ! ai-je eu envie de dire.

Mais j'ai dit : Ça me rappelle toutes les nuits où je l'ai attendu dans la voiture devant des boîtes.

Car, soudain, toutes mes années avec Mavi et Michele m'apparaissaient comme une attente infinie. Attente dans la voiture devant une discothèque ou sur un parking, attente dans la chambre, muet et immobile ; attente qu'il atteigne sa majorité pour que Mavi et moi puissions entamer la vie de couple que nous méritions. Attente de vieillir pour avoir le loisir d'être de jeunes amants. Comment se faisait-il que tout avait marché en sens inverse ? Et comment se faisait-il que, au moment même où nous pensions nous en être tirés, nous nous retrouvions au point de départ ? Je me suis abandonné à cette délicieuse vague de commisération.

Il n'y est pas allé plus de quatre fois, a rétorqué Mavi.

J'ai encore augmenté le son.

Si, ai-je murmuré. Beaucoup plus.

Le matin, j'ai étudié attentivement la surface blanche de ma table de travail. On y distinguait les auréoles ambrées que le fond des bouteilles de bière avait laissées. J'ai pris dans le débarras de l'alcool et un linge absorbant avec une certaine solennité pour que Mavi s'en aperçoive.

Toujours le même, a-t-elle commenté dans un soupir. Je lui dirai de ne plus utiliser ton bureau.

Voyons, ai-je répliqué. Il s'amusait juste avec ses copains.

Plusieurs semaines se sont écoulées. De multiples semaines identiques, constituées de journées identiques et de nuits identiques. Neuf autres vendredis de Houseparty dans mon bureau. La période la plus longue en absolu que Mavi et moi avons passée sans faire l'amour, sans même tenter de le faire. Nous n'en avons pas parlé. Si nous avions abordé le sujet, nous nous serions dit que les conditions adverses nous en avaient empêchés. Puis nous aurions été encore plus mal à cause de ce mensonge.

Au lit, la soixante-douzième nuit, en regardant le dos-montagne, j'ai imaginé mon interview dans *Rolling Stone*.

Comment as-tu fait face à la pandémie ?

En restant immobile.

Quelle est la première chose que tu feras à la fin du confinement ?

J'irai voir un andrologue.

De temps en temps, j'entendais le rire grave de Michele. Il allait bientôt regagner Milan pour y vivre la nouvelle phase. La ville était-elle soudainement de nouveau sûre ? Non, mais il nous avait expliqué avec un sentiment de culpabilité sourd qu'il n'était plus habitué à cohabiter si longtemps avec nous.

Le nombre de contaminations baissait. J'avais vu les commerçants du quartier balayer les magasins, se préparer. L'excitation du retour à la vie vibrait partout. Et moi, dans le lit, je me suis surpris à prier pour qu'il y ait une recrudescence du virus, pour que le confinement ne s'achève jamais, que l'épidémie se prolonge encore et encore, et que Michele ne retourne pas à Milan, jamais plus, qu'il s'adonne toutes les nuits à des raves en ligne sur ma table de travail.

Autrement, il faudrait que Mavi et moi nous interrogions sur ce qui nous était arrivé, pourquoi nous avions mal fait l'amour la dernière fois, puis avions cessé de le faire. Pourquoi nous n'avions pas opposé le sexe à la peur.

La fenêtre était entrouverte, et pourtant je suffoquais. J'ai écarté le drap et me suis levé.

Tu n'arrives pas à dormir ? m'a demandé Mavi de son lointain coin de lit.

J'ai soif.

Je suis allé à la cuisine. Michele y était. Il mangeait de la glace directement dans le pot. J'ai pris un verre, je l'ai rempli d'eau et me suis assis en face de lui.

Pas de Houseparty ? ai-je lancé.

Je n'en avais plus envie.

Comme toujours, il n'avait pas attendu que la crème glacée se ramollisse, ce qui l'obligeait à enfoncer violemment sa cuiller dans le pot. J'ai failli lui signaler qu'il risquait ainsi de déformer le métal. Et qu'il utilisait une cuiller Ikea sans ciller, puis je me suis dit que ce n'était pas le moment.

J'ai rencontré une fille, m'a-t-il dit. Nous sommes allés sur un salon privé. Elle voulait… oui, bref. Mais je n'ai pas pu.

Il ne me regardait pas. S'il l'avait fait, il aurait vu que j'étais perplexe, pas tellement à cause de la conversation en soi, mais parce que l'éventualité qu'il rencontre une fille dans de telles conditions, pendant le confinement, sur Houseparty, et qu'il couche avec elle ne m'avait pas traversé l'esprit jusqu'à cet instant-là. Malgré tout, formulée en ces termes, avec la luminosité inconsciente de ses vingt-deux ans, cette perspective semblait parfaitement naturelle.

Elle me plaisait, mais je suis plus compliqué que ça, a-t-il poursuivi. Ça me gêne, avec l'écran. Chacun est fait comme il est, non ?

Sans attendre de réponse, il a poussé le pot de glace vers moi.

Finis-le, a-t-il dit. C'est du caramel salé. Le meilleur parfum, à mon avis.

J'ai fixé pendant quelques instants la cuiller striée de glace et de salive. Un risque très élevé de contagion.

J'aurais aimé me lever et en prendre une propre, mais Michele m'observait tranquillement. Alors j'ai attrapé la cuiller et je l'ai portée à mes lèvres. Une première fois, et de nouveau.

Tu nettoies toujours les bords, hein ? m'a-t-il fait remarquer. Moi, je m'en fiche. Je plonge là où il y en a le plus.

Il est parti. J'ai terminé la glace ; en réalité, il n'y en avait pas beaucoup. Puis je suis retourné au lit.

Qu'est-ce que tu as fait ? m'a demandé Mavi.

Rien. J'ai juste mangé de la glace.

J'ai tendu la main vers son dos-montagne. Je l'ai effleuré au milieu, sous le top qui retombait mollement.

Tu me chatouilles, a-t-elle dit.

Tu veux que j'arrête ?

Non. N'arrête pas.

UN GENTIL VOLEUR

MIA COUTO

traduit du portugais (Mozambique)
par Elisabeth Rodrigues Monteiro

On frappe à la porte. Frapper est une façon de parler. J'habite loin de tout, seules la faim et la guerre viennent me rendre visite. Et là, dans l'éternité d'une énième après-midi, quelqu'un fusille de ses pieds la porte de la maison. J'y vais en courant. Courir est une façon de parler. Je traîne les pieds, les pantoufles crissent. À mon âge, c'est tout ce dont je suis capable. On commence à vieillir quand on regarde le sol et qu'on voit un abîme.

J'ouvre la porte. C'est un homme masqué. En remarquant ma présence, il crie : « Trois mètres, restez à trois mètres ! »

Si c'est un cambrioleur, il a peur. Cette frayeur m'inquiète. Les voleurs peureux sont les plus dangereux. Il prend un pistolet dans sa poche. Le pointe dans ma direction. Elle est bizarre cette arme : en plastique blanc, émettant un rayon lumineux vert. Il pointe le pistolet sur mon visage et je ferme les yeux, obéissant. Ce rayon lumineux sur mon visage est comme une caresse. Mourir comme ça est un signe que Dieu a répondu à mes prières.

L'homme masqué a une voix douce, un regard délicat. Je ne me laisserai pas avoir : les soldats les plus cruels me sont apparus sous des airs angéliques. Mais il y a si longtemps que personne ne me tient compagnie que je finis par entrer dans son jeu.

Je demande au visiteur d'abaisser son pistolet et de prendre place sur la seule chaise qui me reste. Alors seulement je remarque ses chaussures. Son intention est évidente. Il ne veut pas laisser de traces. Je lui demande d'abaisser son masque, je lui assure qu'il peut avoir toute confiance en moi. L'homme sourit tristement et murmure : « De nos jours, on ne peut faire confiance à personne, les gens ne savent pas ce qu'ils ont à l'intérieur. »

Je comprends son message énigmatique, l'homme pense que, sous l'apparence démunie de mon foyer, se cache un précieux trésor.

Il jette un œil alentour et, comme il ne trouve rien à voler, l'intrus finit par s'expliquer. Il dit qu'il vient des services de santé. Et je souris. C'est un jeune voleur, il ne sait pas mentir. Il dit que ses chefs sont préoccupés par une maladie grave qui se propage rapidement. Je fais semblant d'y croire.

Il y a soixante ans en arrière, je suis presque mort de la variole. Quelqu'un est-il venu me rendre visite ? Mon épouse est morte de la tuberculose, quelqu'un est-il venu nous voir ? Le paludisme m'a pris mon fils unique, c'est moi qui l'ai enterré tout seul. Mes voisins sont morts du sida, personne ne s'en est jamais occupé. Ma défunte femme disait que c'était notre faute parce que nous avions choisi de vivre loin des endroits où se trouvent les hôpitaux. Elle, la pauvre, ne savait pas que c'était l'inverse : ce sont les hôpitaux qui s'installent loin des pauvres. C'est une de leurs habitudes, aux hôpitaux. Je ne leur jette pas la pierre. Je leur ressemble, aux hôpitaux, c'est moi qui abrite et soigne mes maladies.

Le cambrioleur menteur ne renonce pas. Il affine ses méthodes, toujours grossièrement. Il veut se justifier : le pistolet qu'il a pointé sur moi, c'était pour prendre ma température. Il annonce que je vais bien, dans un sourire idiot. Et moi je fais mine de respirer de soulagement. Il veut savoir si je tousse. Je souris, avec condescendance. La toux m'a presque mené dans la tombe, après mon retour des mines il y a vingt ans. Depuis lors, mes côtes ne bougent presque plus, ma poitrine est faite uniquement de poussière et de pierre. Le jour où je recommencerai à tousser, ce sera pour demander la permission aux portes de Saint-Pierre.

« Vous ne m'avez pas l'air malade, déclare l'imposteur. Cependant, vous pouvez être un porteur asymptomatique.

– Porteur ? Porteur de quoi ? Pour l'amour du Ciel, vous pouvez fouiller la maison, je suis un homme sérieux, je ne sors presque jamais. »

Le visiteur sourit et demande si je sais lire. Je hausse les épaules pendant qu'il pose sur la table un document avec des recommandations d'hygiène et des boîtes de savon, un flacon avec ce qu'il appelle « une solution alcoolique ». Le pauvre, il doit imaginer que, comme tous les vieux solitaires, je suis porté sur la bouteille. En partant, l'intrus annonce :

« D'ici une semaine, je passerai par ici vous rendre visite. »

Me vient alors en tête le nom de la maladie dont parle le visiteur. Je connais bien cette maladie. Elle s'appelle indifférence. Il faudrait un hôpital de la taille du monde pour soigner cette épidémie.

Contredisant ses instructions, j'avance vers lui et le serre dans mes bras. L'homme résiste vigoureusement et s'échappe. Dans la voiture, il se déshabille à la hâte. Il se débarrasse de ses vêtements comme s'il ôtait les habits de la peste en personne. De cette peste nommée misère.

Je lui fais signe en souriant. Après des années de supplice, je me réconcilie avec l'humanité : un voleur aussi maladroit ne peut être qu'un homme bon. La semaine prochaine, quand il reviendra, je le laisserai voler la vieille télévision que j'ai dans la chambre.

DORMONS

UZODINMA IWEALA

traduit de l'anglais (Nigeria) par Nadège T. Dulot

Le jour de mon éveil ? Demain, oui, mercredi, et je sens le rien à mes côtés, puis des sentiments fugaces de trahison, et l'indignation ensuite, de toute évidence légitime. Demain fera d'aujourd'hui hier, un autre jour tout simplement, pas ce jour dont on se souvient à jamais, pas ce jour particulier éternellement marqué sur mon doigt. Peut-être aussi grand, lumineux et scintillant, peut-être subtil et élégant, peut-être pas sur mon doigt du tout. Peut-être juste une idée : la sécurité. Juste une idée : le bonheur. Une idée : l'amour. Une seule : éternel, dont on se souviendra avant ces moments, ces moments du passé, ces moments précieux que nous avons partagés. Ces sourires, ces étreintes, ces baisers, ces accouplements… tant d'accouplements.

Demain, dans la douce lumière du soleil d'été, je remuerai, sentirai une chaleur sur mon visage, une chaleur sur mon corps, l'air frais et sec de la climatisation. La lumière brillante et limpide sur ton oreiller déserté laissera voir tes cheveux dans la taie comme des petites pousses noires et bouclées. Tu seras chauve avant l'heure. C'est le stress, mais sache que je t'aimerai encore quand tu n'en auras plus. Quand tu ne m'auras plus. Je sourirai, non, je rirai, et j'appliquerai mon corps dans ton empreinte encore chaude pour voir si, en étant là où tu fus, je peux être toi. Pas cette chance-là. Pas de chance.

Je n'ai jamais aimé nos draps, tes draps, car ils refroidissent tellement quand tu n'es plus là.

Je serai à nouveau solitaire, juste avec mes pensées, mon manque, mes complexes, ainsi que toute une myriade de choses mélancoliques. Et je me dirai : « Alors, c'est ça la profondeur de la réconciliation. » Revenir au statu quo ? Tu pars au travail avant l'aube, ne laissant que des traces de ta présence : la chaleur qui s'estompe dans le lit à mes côtés et moi, solitaire, me demandant si la vie pourrait être meilleure, si la vie sera peut-être meilleure officiellement jointe et reconnue par l'État, par Dieu ou des dieux. Oui, toi et moi joints. Oui, moi ainsi officiellement au complet. Mais je crains que demain, comme aujourd'hui, comme hier, n'ait pas cette chance-là et que je me dise que je n'ai jamais aimé nos draps, tes draps, car ils sont verts comme ta blouse d'hôpital et me rappellent que pour toi, travailler, c'est vivre, que vivre, c'est souffrir ainsi que toute une myriade de choses mélancoliques.

Je me lèverai et sentirai le soleil sur mes seins, sur mon ventre, sur le triangle soigneusement épilé entre mes jambes. Et avec cette lumière viendront les souvenirs des occasions manquées de la veille, des accès fugitifs de désir, puis le manque : de ta chair, de ma chair, toi et moi joints, oui, moi, un instant, ainsi officiellement au complet. Mais tout cela sera hier, demain sera aujourd'hui, et je marcherai du lit jusque dans la salle de bain en me disant que je vis par jets ; peut-être est-ce pour cela que tu ne peux pas m'épouser. Peut-être sommes-nous trop incompatibles.

La pièce entière est mes jets : les tableaux sur tes murs, les reproductions modernes de tableaux anciens, les originaux d'amis artistes et mes vêtements jetés sur un florilège de meubles – un tee-shirt sur le vieux fauteuil en cuir marron, un jean au pied du lit, une culotte à côté de la corbeille.

Tous ces jets jusque dans la salle de bain et son miroir terni et serti de cuivre que je dénichai, que tu détestas, que j'aimai, celui qui te donne l'impression d'être soixante-dix ans avant ce présent, d'être la photo rayée d'un boy dans ta propre demeure. Pas cette chance-là. Chance merveilleuse. Tu n'as jamais aimé notre histoire, mon histoire, car elle change les rois en domestiques et les aliénés en rois.

Je regarderai le miroir et me dirai que t'entendre répéter que tu veux en changer me lasse. Et je me regarderai dedans : moi, les fines rides de mes paupières, les fines pattes d'oie, et je baisserai le regard plus bas que la fossette de mon nombril jusqu'à l'espace sans poils et si sensible qu'il rougit là où les doigts le touchent, juste au-dessus du triangle au sommet de mes jambes, et je placerai ma paume à cet endroit, imaginerai un coup de pied et me dirai : Toby, je ne rajeunis pas. Je marmonnerai : Ceci n'est pas pour toujours.

Je regarderai le miroir et me dirai que bientôt tu pourras en changer. Et je me regarderai dedans, mon visage blanc, rouge à présent, strié de larmes, et horrible, je regarderai les vaisseaux sanguins rompus sous la surface et me dirai : Enfin, je prends des couleurs. Puis je regarderai mon visage blanc, rouge à présent, et horrible, je regarderai les vaisseaux sanguins rompus sous la surface et me dirai : Toby, ne suis-je que blanche pour toi ?

Les mauvais jours : toujours. Les bons jours : parfois. Puis il y a les moments spectaculaires.

Je me dirai : Pauvre de toi, debout complètement à nu, les bras croisés sur les seins, me regardant me regarder en train de me demander : Toby, ne suis-je que blanche pour toi ? Je dirai : Ashley, allez. Habille-toi. Tu ne peux pas continuer comme ça. Comme quoi, demanderai-je. Comme ça, dirai-je, à te paralyser, à dramatiser ta vie.

Si tu l'aimes, ne le quitte pas, et si tu le quittes, laisse-le en paix cette fois. Il existe d'autres histoires d'amour. Je m'assoirai sur le lit où tu couches et me dirai qu'il n'y aura jamais d'autre toi. Je dirai : Mais j'ai peur, d'une voix à une octave d'être inaudible.

Je prendrai une douche, laisserai l'eau de mes cheveux s'égoutter sur le sol, sur le lit, sur le tapis, jusqu'à la commode, celle en acajou que la mère de ton père donna à ta mère, que j'espérais que ta mère me donnerait un jour. Pas cette chance-là. Pas de chance. J'appliquerai mon corps dans ton empreinte encore chaude pour voir si, en étant là où tu fus, il me sera révélé que je dois être avec toi. Pas cette chance-là. Pas de chance. Je marmonnerai : Je n'ai jamais aimé nos draps, tes draps. Je marmonnerai : Romps le cycle. Le passé est trop lourd ici.

Ça, ce sera demain, mais ce soir, par-dessus les sirènes, les hélicoptères, les slogans furieux, pendant un temps tu respires comme un métronome et je respire par jets. Toi, sur moi. Ton corps près de moi. L'odeur de sueur, l'odeur de sexe, et toutes ces sensations : ta peau sous mes ongles, ta main autour de ma gorge. Toby. Stop, je te dis. Arrête. Pourquoi ? tu me demandes. Pourquoi ?

Parce qu'il y a quelque chose de dur entre nous désormais.

Toby, réponds-moi honnêtement, je dis. Toby, ça t'arrive de penser à te marier avec moi ? De toi, le silence. De toi, pas un bruit. Seules ton haleine chaude et cette dureté entre nous. Toby, je dis. Je demande : Toby, ne suis-je que blanche pour toi ? Silence. Tu remues. Tu te ranges entre tes jambes.

Je me dis mauvais jours. Je me dis bons jours. Je me dis qu'il y a des moments spectaculaires. Je me dis les larmes. Je me dis les sourires. Je me dis l'amour et la vie qu'il est censé apporter. Mais tout cela est futur. Au passé, tout fut différent, je me dis.

Alors je dis : Comme tu veux. Dormons. Tu raccrochas, je raccrochai, et je me retrouvai de nouveau solitaire. Je plaçai mes paumes derrière ma tête et m'allongeai dans ces draps un temps réchauffés par ton corps et froissés, un temps plissés dans des configurations agaçantes, aux mauvais endroits, un nœud sous mon menton, un amas entre mes jambes ; ils étaient à présent plats, sans inspiration, sans rien inspirer. Je mis un oreiller à ta place, l'enveloppai dans les draps, me disant : Au moins, s'il est là où tu fus, je rêverai qu'il est toi. Je ne rêvai pas qu'il était toi, et quand le soleil chauffa mes paupières orange vif, je me réveillai en me disant : Putain, je suis en retard. Je suis dans la merde.

Je jetai mes pieds du lit au sol dans un balancement, pas sur des livres, des chaussures ou des sous-vêtements, des chemises ou des stylos ; je fus une fois encore soulagé de n'avoir rien endommagé, rien dispersé, que mon téléphone n'affichât aucun message sur ma maltraitance de ton existence. J'aurais dû être satisfait, mais, dans cet espace, l'absence de tes affaires me remémorait moi, debout au-dessus de toi pendant ton sommeil, alors que ta respiration légère, rapide, troublait tes lèvres. Toi, mystique, magique, mon amour, ma vie. Je me demandai : Es-tu vraiment mon amour ma vie ? Et puis : Il n'y a pas de réponse facile.

Je me brossai rapidement les dents, mais, quand je recrachai, la mousse autour du trou d'écoulement refusa de s'écouler. J'ouvris le robinet, mais il restait des bulles blanches. Je tirai le clapet et à son extrémité pendait une mèche de tes cheveux, mouillés et emmêlés, le ralentissement de la progression de ma journée. Je tressaillis et jetai le tout dans la corbeille. Puis je me lavai le visage, examinai mes imperfections dans ton miroir et pris la porte en coup de vent.

Imagine ma surprise quand je te trouvai par terre dans le couloir. Je ne voulais pas te réveiller, me dis-tu. Je te regardai encore, me tournai vers la porte, puis vers toi, par terre, les bras sur les genoux et un s'il te plaît silencieux étirant ton regard, tes narines et tes lèvres. Ton ignoble demi-sourire.

Tu tendis tes mains et je tendis les miennes à travers le couloir, une scission, au milieu des particules de poussière illuminées par le soleil dansant dans les lents courants d'air de la climatisation. Tes mains blanches, mes mains noires, puis des mains imbriquées, puis une étreinte. Je te sentis respirer contre moi, et je m'interrogeai : affection, réconfort, désir ou toutes ces choses-là, tandis que ton ventre touchait le mien et que nous nous embrassions et que tu avais le goût de la veille. Je ne m'en préoccupais pas, je ne pouvais pas, et tu me poussas dans l'appartement. Tu portas tes mains jusqu'à mon visage et les posas sur mes joues. Tu dis : J'ai envie de toi, Toby. Je sentis tes mains sur mon torse, sur mon ventre, puis plus bas encore, cajoler, caresser, et je t'imaginai à nu ici par terre, moi à nu ici par terre, nous deux, nus ensemble. Je fus submergé, désorienté. Je te dis : Stop, Ashley, arrête. Pourquoi, me demandas-tu, pourquoi ?

Parce que tu disparais toujours quand il y a quelque chose de dur entre nous.

Parce que je suis déjà en retard pour le travail, dis-je.

Oui, Toby, dis-tu. C'est moi. Ashley, ta compagne passée et à venir, mystique, magique, ton amour ta vie, à qui tu as supplié de revenir hier soir. N'es-tu pas heureux de me voir ?

Heureux de te voir ? Sur le moment, je dis oui et j'y crus. Content de te voir, bien sûr, oui. Ne plus rentrer dans un appartement vide de toi et pourtant rempli de ta présence, tes cheveux sur l'oreiller à côté du mien, dans mes cheveux, sur ma brosse, autour du lavabo, ton déodorant, tes crèmes, des parfums et toute une myriade de choses à l'odeur de lavande. Heureux de te voir ? Oui, bien sûr, car c'était trop de t'avoir ici et de ne pas t'avoir. Trop parfait – par certains points, exactement ce que je voulais –, trop absurde.

C'est juste surprenant. Je ne pensais pas que tu viendrais, dis-je. Mais me voilà, dis-tu. Tu te pressas contre moi, si bien que nous fîmes trembler la porte du vestiaire. Tu fis glisser tes doigts le long de mon torse et tu murmuras : Je t'attendrais quand tu rentreras. Je t'aime.

Je dis : Je t'aime aussi, Ashley.

Je fus incapable de me concentrer à l'hôpital, mais tous virent ma confusion comme le résultat de l'immense responsabilité et de la complexité du moment. Le praticien, avec sa chevelure bouclée brune aux mèches blanches tombant sur ses lunettes, posa sa paume sur mon épaule et dans un moment de calme me dit : Ça ne durera pas éternellement. Ça aussi, ça passera. Il dit : Tant qu'il y a des humains, il y a de l'espoir. Je voulus le croire, mais mes pensées de toi détournèrent mon attention.

Je te trouvai à la maison, au bord du lit dans l'obscurité, les yeux fixés vers la fenêtre ouverte. J'ai besoin d'une douche, dis-je. Tu ne dis rien. Quand je ressortis ma serviette autour de la taille, l'eau coulant le long des régions difficiles à atteindre de ma colonne vertébrale, tu me demandas : Tu les entends crier ? Je te relevai et je t'embrassai. Je fis glisser mes mains le long des tes jambes blanches élancées, la peau pâle au point de laisser voir les veines bleues ramifiées comme la foudre juste en dessous. Je frémis – d'excitation ou de dégoût ? Je soulevai ton débardeur pour révéler la fossette de ton nombril, pour révéler les traces rouges de ton soutien-gorge juste en dessous de tes seins et les taches de rousseur autour de tes tétons. Tu jetas ta culotte du bout du pied vers la corbeille et m'attiras vers toi. Et à présent, je respire comme un métronome et toi, par jets, jusqu'à ce que tu me dises : Stop. Tu dis : Arrête.

Pourquoi, je te demande, pourquoi ?

De toi, le silence. De toi, pas un bruit, et je me dis : Parce que maintenant il y a quelque chose de dur entre nous. Et maintenant que nous sommes allongés ainsi, face à face, toi consciente de mon excitation, moi conscient de mon excitation, toi réticente à faire l'amour et moi, à résister au désir, tous les deux le regard fixe dans l'obscurité tandis que le monde brûle, je me dis, oublie l'amour, oublie la passion, oublie la réconciliation par le sexe et toutes les choses de l'intime. Je me dis alors : Comme tu veux, dormons.

Toby, réponds-moi franchement, tu dis. Toby, ça t'arrive de penser à te marier avec moi ? Puis tu chuchotes : Ne suis-je que blanche pour toi ?

Tu poses toujours des questions comme ça, parce que tu crois que les réponses sont simples, que je peux d'abord dire oui, puis dire non, que j'apprendrai à laisser l'amour vaincre la haine millénaire et les autres choses dures qui existent entre nous.

Il fut un temps où tu pouvais aller en prison et je pouvais aller en prison pour ce que nous faisons. Il fut un temps où ils m'auraient pendu à un arbre, tranché le scrotum et laissé la gravité déverser mes testicules.

Mais c'est le passé, je me dis. À l'avenir, tout sera différent, je me dis.

LA CAVE

DINA NAYERI

traduit de l'anglais (États-Unis) par Valérie Bourgeois

« Ce n'est rien », dit Kamran la veille de l'instauration du confinement à Paris.

Sheila leva les yeux de leurs ombres mouvantes sur le trottoir.

« Je refuse de montrer mes papiers à la police », répondit-elle. Puis elle jeta un coup d'œil à Nushin et ajouta à voix basse : « Ce sont toujours des jeunes... des gamins avec des armes presque trop lourdes pour eux. »

L'histoire, leur rappela Kamran, les avait entraînés à endurer les confinements, les famines et les forces de police ivres de leur pouvoir. Pandémie ou pas, ils étaient toujours en congé sabbatique. Ils allaient profiter de leur nouvelle ville, mais avec quelques repas en moins au restaurant. Ils redonneraient vie aux géraniums à leurs fenêtres et aéreraient le vieux linge de maison de leur propriétaire pour en chasser l'odeur de moisi.

« Regarde-moi ce ciel, on dirait un pamplemousse mûr. Rien ne peut ternir un ciel comme celui-là.

– Et qu'est-ce qui nous attend après ça ? des codes vestimentaires ? des mollahs ? un contrôle des femmes ? marmonna Sheila au souvenir d'humiliations passées, tandis qu'elle griffonnait de fausses dates de naissance et retirait un chiffre à leur numéro de rue.

– Papa, dit Nushin, l'attention désormais bien en éveil du haut de ses quatre ans. Si on reste enfermés, on va devenir mabouls ! »

Le bilan quotidien de l'épidémie rappelait à Kamran et à Sheila le temps de la guerre à Téhéran, dans les années 1980, à l'époque où eux-mêmes sortaient à peine de l'enfance et où le jus des tamarins qu'ils fourraient dans leurs poches rendait ces dernières toutes poisseuses – ce qui ne les empêchait pas d'écouter tous les soirs ostensiblement la BBC pour connaître le nombre de victimes, l'air grave, comme des adultes. La République islamique diffusait tant d'informations mensongères qu'ils avaient cessé de les critiquer ou de s'y fier. Ils attendaient simplement que leurs pères règlent la radio sur la BBC en s'efforçant de ne pas échanger des regards en coin.

En secret, chacun doutait aussi du nombre de morts du coronavirus et se laissait parfois brièvement emporter par son imagination – la faute à la révolution et à leur enfance en temps de guerre, pensaient-ils. Kamran plaisantait en disant que les Iraniens d'aujourd'hui avaient de la chance : une fois de plus, de faux chiffres étaient là pour les contenter. Et pourtant, chaque soir, ils se faisaient la remarque que la BBC savait ce qu'elle disait, elle.

Ils se moquaient de leurs amis en proie à la panique à l'idée de manquer de pâtes et de pain.

« Ce sont des amateurs, disait Kamran. Le rationnement leur collerait un anévrisme collectif. »

Un jour, au début de la guerre, se rappelait-il, son père était sorti acheter du lait et était rentré avec trois tapettes à mouche, un spray anti-moustiques, une pelle et des hameçons. Le propriétaire du magasin faisait des offres groupées.

« Ce temps-là me manque, soupira Sheila. Enfin, pas…

– Moi aussi, la coupa Kamran, avant de marquer une pause. Il y a un sous-sol aménagé dans notre immeuble. Et une cave. »

Il sourit d'un air grivois et plein de sous-entendus, comme un Kamran surgi d'une autre vie. Cette suggestion fit tambouriner le cœur de Sheila et aiguillonna tout son être.

Des jours durant, ils trébuchèrent dans le dédale de leur mémoire en s'efforçant de mieux réagir face à Nushin. Ils construisirent des châteaux forts avec des couvertures, applaudirent des travailleurs fatigués, pleurèrent leur pays ravagé. Rongée par l'angoisse, Sheila imaginait de sinistres globules déchiqueter les cellules de sa mère, restée coincée dans un appartement de Téhéran où elle dépendait de ses voisins. Ce serait peut-être ainsi qu'elle la perdrait.

Ils passèrent en revue les étagères en quête de distractions. L'appartement grinçait sous le poids d'une montagne de livres polonais et français défraîchis mais respectables – les poèmes de Milosz et de Szymborska, Bruno Schulz, Simone Weil, un assortiment étonnant d'ouvrages sur l'art de la guerre, la médecine chinoise et l'histoire des cartes. Ils laissèrent filer les heures et se résignèrent à cette vérité : après la frénésie de leurs années d'études à New York, c'était au fond ce qu'ils voulaient. Cette tension nouvelle les plongeait dans le même état de trouble et d'excitation qu'ils avaient éprouvé des décennies plus tôt. Ils la portaient en eux, fragile et vivante comme un poisson fraîchement pêché, tout au long de ces journées pleines d'ennui.

Un matin qu'elle effleurait la couverture noir brillant d'un livre d'images en essayant de déchiffrer les lettres dorées et tout en arabesques qui surmontaient une scène de conte de fées, Sheila entendit sonner le minuteur de la cuisine. Pensant tenir un livre d'histoires pour enfant, elle l'emporta et le posa sur la table. Nushin avait bien avancé dans la lecture du chapitre 1 quand Kamran entra dans la pièce.

« Alors comme ça, elle est trop petite pour *Mulan*, mais pas pour un vieux texte pornographique français ? »

Sheila arracha le livre à sa fille. *Les Cinq Sens d'Éros*. Sous le titre, une fille aux cheveux bouclés ressemblant à Blanche-Neige se tenait allongée dans l'herbe, ses jupons retroussés, pendant qu'une sorte de Pan jovial s'employait à la titiller méticuleusement avec une plume. Sheila fixa l'image un long moment, les joues rouges, tandis que du jaune d'œuf coulait sur sa main.

« Est-ce que la princesse a mal au ventre ? » demanda Nushin en tendant le cou pour mieux voir.

Kamran consulta le dos de la couverture.

« 1988. Les Français ont publié ça pendant que les mollahs nous expliquaient que c'était halal de tomber sur sa tante pendant un tremblement de terre. »

Après la révolution, des clercs étaient apparus à la télévision pour dispenser des conseils pratiques sur l'application des règles de l'islam. Des conseils bizarrement (presque amoureusement) détaillés. Quand vous entrez dans des toilettes turques, disaient-ils, posez toujours le pied gauche en premier afin de ne pas basculer dans le trou si vous faites une crise cardiaque.

« On connaissait à peine notre propre appareil génital, tu te souviens ? »

Cet après-midi-là, ils se croisèrent dans le couloir. Encore gênée, Sheila détourna les yeux, mais Kamran l'attira contre lui et appuya sa joue chaude contre la sienne.

« Ça fait dix jours que tu n'es pas sortie, murmura-t-il dans ses cheveux. Tu vas devenir maboule. »

Elle eut à peine le temps de prendre note de cette intimité oubliée qu'un « Non ! » furieux et cinglant retentit. Plantée sur le seuil de la salle de bains, sa culotte autour des chevilles, Nushin agrippait sa jupe dans ses poings serrés en les fusillant du regard.

« Tu n'as pas le droit de l'embrasser ! dit-elle, les lèvres tremblantes et les larmes aux yeux. Ce n'est pas elle, la princesse. »

Sa petite poitrine se gonfla, comme sous le choc.

« Demande-moi pardon », souffla-t-elle à deux reprises.

Soucieuse de sa dignité naissante, Sheila s'empressa d'aller lui remonter sa culotte.

« Cela ne fait pas deux semaines qu'on est confinés, murmura-t-elle à Kamran, mais on a déjà bousillé à jamais son logiciel sexuel.

– Nos parents ont bousillé le nôtre », répliqua-t-il en prenant leur fille dans ses bras.

Nushin les avait-elle jamais vus amoureux ? Sheila avait trop honte pour poser la question. Kamran et elle avaient trimé côte à côte pendant des années, absorbés chacun par sa carrière, son postdoctorat, ses amis. Après le mariage, puis la naissance de Nushin, le sexe entre eux s'était évaporé si discrètement. Sans oppresseur ni lutte tangible, il avait perdu sa fièvre révolutionnaire.

Ce soir-là, une fois Nushin au lit, Kamran se tourna vers Sheila.

« Tu veux qu'on se raconte des histoires du passé ?

– Je crois que mes histoires seraient malvenues au vu de la situation. »

Toute la journée, elle avait rêvé de pouvoir rester seule un moment afin de se remémorer ce que c'était d'avoir quinze ans dans un abri anti-bombes.

Sans l'écouter, Kamran lui rappela le jour où, âgés de treize ans, ils étaient sortis se promener dans les rues de Téhéran. Un pasdar adolescent les avait réprimandés pendant une heure avant que Kamran le persuade que Sheila et lui étaient cousins. Ils étaient ensuite rentrés chez eux, au bord des larmes et incapables de se consoler l'un l'autre. Kamran marchait quelques pas devant elle pendant qu'elle fulminait contre ce monde sens dessus dessous, contre son hijab obligatoire et ce gamin qui l'avait sermonnée comme s'il était son père. Puis ils étaient restés dans le hall de leur immeuble, à contempler leurs chaussures éraflées jusqu'à ce que des sirènes retentissent et que leurs voisins descendent tous au sous-sol en les emportant dans un flot de parents, d'oncles et de tantes honorifiques – auxquels s'ajoutait une grand-mère boiteuse qui tenait fermement son tchador en place dans les bras de son fils.

Sheila soupira.

« Après, on a découvert la cave. »

Et avec elle, un lien cimenté par leurs réactions fautives, le choix terrible de leur corps de s'abandonner à cet abri, de naître à la vie malgré la mort et le deuil. Kamran embrassa les paumes de ses mains.

« Reste ici. Demain, j'irai t'acheter de la vitamine D. »

« Tu te rappelles comment les vieilles avaient meublé les abris anti-bombes ? » demanda-t-elle en imaginant le sous-sol sous leurs pieds. Les caves françaises sentaient-elles le sucre et la terre réchauffée par le feu, comme chez eux, ou étaient-elles pleines de toiles d'araignée et de traces de pas séchées ?

« Tu te rappelles les escaliers ? »

Un bocal de torshi sur chaque marche. Des pots en verre, des gros et des fins, au couvercle vissé par-dessus des ronds de tissu. À les voir alignés ainsi, on aurait dit des princes arabes attendant leur tour.

« Les grands-mères me manquent, dit Kamran. Même en pleine guerre, il était impensable pour elles qu'on se retrouve à court de pickles.

– Je vais laisser pousser mes sourcils pendant le confinement, annonça Sheila.

– Tu as de beaux sourcils. »

Il posa ses paumes sur ses joues et les caressa du pouce comme s'il voulait lui appliquer de la crème solaire.

« Pour que Baba ne se rende compte de rien, il fallait que je les épile sans enlever plus de trois poils à la fois, tu te souviens ? »

Les filles bien ne retiraient pas un poil de leur corps avant le mariage. Sheila avait donc conspiré avec sa mère pour soustraire ses sourcils de plus en plus fins à la vigilance des nombreux pères et frères de l'immeuble. Quand une grosse touffe noire disparaît de votre tête, même le plus abruti des hommes le remarque. Mais si les poils tombent un à un, vous pouvez dire ce que vous voulez. Par exemple, répandre une rumeur : la pauvre fille souffre d'hypothyroïdie.

Oh, maman, s'il te plaît, tiens bon… ne doute pas des chiffres… reste chez toi.

« La dernière fois, après l'épisode dans la cave, mes parents m'ont crié dessus pendant trois heures, dit Sheila.

– Les miens craignaient que je sois envoyé au front. »

Comment avaient-ils pu rester si longtemps éloignés l'un de l'autre ?

« La vie sans la guerre…, reprit Kamran.

– C'est horrible. Ce n'est pas nous, ça.

– Peut-être que si, à mon avis. Nous sommes programmés pour vivre des catastrophes. »

Leurs deux immeubles étaient reliés par un énorme abri souterrain, sorte de caverne humide où se rejoignaient deux escaliers. Autour de la pièce, des vélos avaient été casés entre une dizaine de frigos et de congélateurs, tous remplis de plats préparés et de divers ingrédients. Des étagères ployaient sous le poids de boîtes de conserve et de paquets de riz, de farine et de sucre. D'énormes bocaux de torshi identifiés par des étiquettes familiales surmontaient chaque frigo.

Au début de la guerre, les grands-mères avaient descendu là des chaises, des oreillers, des tapis colorés, des édredons moelleux et des couvertures pelucheuses. Elles avaient aussi apporté des samovars, des assiettes, des tasses, soit tout le nécessaire pour prendre un repas ou un thé, jouer au backgammon ou fumer, afin que chaque sirène puisse marquer le début d'un moment festif. Parmi les résidents vivaient cinq adolescents, dont Sheila et Kamran, les deux plus jeunes et les plus studieux – par conséquent les moins surveillés. Lors de la première alerte rouge, laissant leurs familles inquiètes fumer la pipe et le samovar, disposer des oreillers et donner leur avis sur les chauffages d'appoint, tous deux avaient suivi un tunnel jusqu'à une petite cave aux murs de pierre, avec des étagères pleines de fromages et de denrées séchées, des sachets d'herbes aromatiques ciselées, une porte qui fermait bien et assez d'espace pour accueillir deux fugitifs maigrelets.

Après ça, chaque alerte rouge les avait ramenés dans ce lieu, où ils profitaient de quelques instants volés pendant que leurs pères jouaient aux échecs, que leurs grands-mères échangeaient des plaisanteries grivoises et que tous partageaient un nombre incalculable de tasses de chaï.

« Tu te souviens de ce qui nous a sauvés ? demanda Kamran.

– Le Philadelphia. »

Ce fromage à tartiner américain était rare. Même soumis au rationnement, les gens se le disputaient ou tentaient de s'en procurer au marché noir. La plupart du temps, des parents courageux partis en quête de la précieuse denrée rentraient chez eux le soir, tête baissée, avec une boîte de Vache qui rit, ou pire encore, de la feta iranienne ordinaire. Quand Kamran et Sheila avaient entendu le *clac-clac-clac* des talons de leurs mères, la seconde avait tout juste eu le temps de renfiler sa robe et de fourrer son soutien-gorge (un machin tout en coton, sans bonnets ni armature, qui n'avait de soutien-gorge que le nom) dans la poche du premier. Ils avaient lissé leurs cheveux et s'étaient postés loin l'un de l'autre, mais ils allaient tout de même être surpris ensemble, seuls dans une pièce. Il fallait qu'ils se présentent comme les auteurs d'un crime – un crime grave, mais pas autant que celui qu'ils avaient commis. Kamran avait donc pris une barquette de Philadelphia rangée sur l'étagère d'un voisin, déchiré le carton et l'opercule en aluminium, puis mordu dans le bloc onctueux d'un blanc laiteux avant de le jeter à Sheila.

« Bon sang, ce que c'est bon, avait-elle marmonné juste au moment où leurs mères entraient dans la cave et se mettaient à pousser les hauts cris devant leur larcin.

– Ces enfants ! *Ei vai !* Ce sont des porcs ! »

Durant toute la soirée, des excuses avaient été prononcées. Les propriétaires du Philadelphia s'étaient montrés bienveillants. S'il vous plaît. Ce ne sont que des enfants. Le père de Kamran avait offert de payer trois fois la valeur du fromage en coupons et en argent liquide, et ils avaient partagé le morceau restant sur des biscuits salés. Des petits sauvages. Personne n'avait songé à ce qu'ils avaient pu faire d'autre dans ce sous-sol, et ils avaient donc recommencé, encore et encore, atteignant ainsi quatorze ans, puis quinze. Les sourcils noirs de Sheila étaient devenus plus fins et ses lèvres plus pulpeuses, les jambes de Kamran s'étaient allongées et les mères avaient envié ses parents d'avoir un tel fils. Nul à l'époque ne leur avait expliqué le sexe. Les médias tentaient de canaliser le désir des garçons en les incitant à aller faire la guerre et d'étouffer celui des filles sous du tissu. Mais les jeunes s'éduquaient eux-mêmes en se procurant en douce des magazines et des photos, et les caves, les celliers et les garde-manger à travers toute la ville bruissaient des efforts de ces adolescents autodidactes.

Chaque fois que la sirène se mettait à hurler et que le fracas des familles fonçant vers les sous-sols emplissait les rues, Sheila et Kamran couraient ensemble à la cave. Chaque fois que l'alerte était abaissée d'un cran ou deux et que leurs voisins soupiraient de soulagement, ils tapotaient leurs oreillers en suppliant ce salaud de Saddam d'avoir un peu de cœur et de menacer d'envoyer juste un missile de plus. Ils guettèrent ces alertes rouges jusqu'à ce que la peur et le désir se fondent en un seul breuvage étrange et impensable, jusqu'à ce que les soutiens-gorge de Sheila aient une armature et ne tiennent plus dans une poche, jusqu'à ce que le fromage volé cède la place à des cigarettes, puis à une rasade de l'alcool de contrebande ou du thé à l'opium de grand-mère, et pour finir jusqu'à ce qu'ils n'aient plus aucun prétexte qui tienne la route, parce que tous deux étaient trop beaux et trop malins, et qu'ils se regardaient comme si leurs jeunes dents, encore blanches et acérées comme un couteau à pain, allaient bientôt s'enfoncer dans un jarret d'agneau.

À la fin du mois d'avril, Kamran retrouva ses vieux DVD de Kiarostami et ils regardèrent *Le Goût de la cerise*. Il lui demanda pourquoi elle détestait se souvenir du passé alors qu'elle aussi s'y replongeait visiblement souvent.

Elle lui expliqua donc tout. Que sa mère avait inspecté chaque poil de son corps pendant des mois. Qu'elle regrettait leurs petits jeux secrets. Que ses parents l'avaient traînée chez un spécialiste pour la recoudre et qu'ils ne s'étaient calmés que lorsque ce dernier leur avait conseillé de le faire plutôt juste avant son mariage pour éviter d'avoir à recommencer.

« Ç'a été une année humiliante. Ensuite on est partis à l'université.

– Je suis désolé, dit-il en lui prenant les mains. Ce n'était pas juste. Tu as fait les frais de toutes leurs conneries. »

Le lendemain matin, il emmena Nushin faire des courses.

« Je ne toucherai aucune surface, papa. »

Sheila écouta la BBC. Les frontières françaises avaient été fermées. Ce pays était provisoirement le leur. Les confinements dans toute l'Europe se prolongeraient durant tout le mois d'avril, et même en mai ; ils contempleraient bien d'autres couchers de soleil couleur pamplemousse depuis leurs jolies fenêtres, sans aucun scotch pour leur boucher la vue. Bientôt, des feuilles apparaîtraient sur les arbres derrière les vitres. Mais Sheila ne ressortirait pas de chez eux, pas avant longtemps. Pas tant que des pasdars français, des gamins encore, patrouilleraient dans les rues avec des armes en réclamant brutalement leurs papiers aux passants.

Elle resta un long moment assise sur le tapis en repensant aux grands-mères qui transformaient en fêtes les frappes de missiles, altérant les souvenirs des enfants. Peut-être avaient-elles voulu les préparer à l'adversité et à la guerre, malmener leurs instincts et mêler chaque sensation en eux avec son contraire. Ses sourcils enfantins repoussaient. Elle mourait d'envie de retrouver le goût des cerises, les chansons de son enfance, un bon repas volé au chaos. Elle se redressa et ouvrit le placard où elle avait fourré les vieilles couvertures de leur propriétaire. Leur odeur rance et les humiliations d'une autre époque se répandirent dans l'air. Elle envoya un texto à Kamran, prit un tas d'oreillers, une demi-bouteille de vin rouge, des crackers et un livre, puis courut à la cave attendre que la nuit tombe.

CETTE FOIS AU MARIAGE DE MON FRÈRE

LAILA LALAMI

traduit de l'anglais (États-Unis) par Aurélie Tronchet

Vous avez l'air perdue, mademoiselle. Vous cherchez le comptoir du consulat américain ? Je l'ai deviné, voyez-vous, à votre chapeau, à votre sac à dos et aux documents que vous serrez contre vous. On peut risquer de se faire voler à Casablanca, c'est vrai, mais je peux vous assurer que l'aéroport est un endroit sûr. Personne ne vous prendra vos papiers. Asseyez-vous, asseyez-vous. À distance, bien sûr, on connaît toutes deux les règles. Installez-vous confortablement. Les agents consulaires n'arriveront pas avant quelques heures, et alors ils prendront leur temps pour préparer leur table avant de commencer à s'occuper des passagers au départ.

Depuis combien de temps j'attends ici ? Depuis longtemps, je suis au regret de vous l'apprendre. Ces vols de rapatriement sont réservés aux citoyens et – s'il reste de la place – aux résidents. Mais apparemment il n'y a pas de place, tout du moins il n'y en a pas depuis deux semaines. Chaque fois que j'ai déposé une requête, j'ai eu droit à la même réponse : « Désolé, madame Bensaïd, le vol est complet. » J'ai pensé aller à l'aéroport de Tanger, mais il n'y a plus de liaison ferroviaire et, de toute façon, il y aura certainement encore plus de gens qui attendent là-bas. Les agents consulaires me répètent d'être patiente, ils m'assurent que j'aurai plus de chance la prochaine fois.

Le fait est que c'est par chance que je suis venue ici en mars. D'habitude, je rends visite à ma famille en été, pendant mes congés d'enseignante, mais, en début d'année, mon frère a annoncé qu'il allait se marier. C'est son quatrième mariage, vous vous rendez compte ? Il a planifié la cérémonie au beau milieu de mes vacances de printemps, juste pour parer à l'excuse qu'il savait que je prétexterais aussitôt. Malgré tout, je l'ai informé que je ne serais pas là parce que j'avais prévu un voyage au Texas avec mon club d'ornithologie. Mais il a toujours eu le don de me faire culpabiliser. Il a mentionné combien ma mère serait aux anges de me voir, qu'elle vieillissait et que je devais profiter de toutes les occasions possibles pour passer du temps avec elle. Difficile de dire non à ça.

Comme j'étais déçue que mes plans aient été perturbés, j'ai organisé un court voyage à la Merja Zerga, qui se trouve à 225 kilomètres au nord d'ici. Vous y êtes déjà allée ? Oh, il faut vraiment que vous voyiez ça un jour. C'est une lagune, un site qui relève de la convention de Ramsar, où l'on peut observer une impressionnante variété d'oiseaux. Je voulais voir des échassiers et des hiboux des marais et, avec un peu de chance, des flamants roses et des sarcelles marbrées qui traversent la région à cette époque de l'année au cours de leur migration.

Avant ça, bien sûr, il a fallu endurer ce mariage. Ce n'est pas que je ne souhaite pas voir mon frère heureux, vous comprenez, c'est juste qu'il a un goût terrible en matière de femmes. Elles sont toujours jeunes, naïves, en admiration devant lui. Pendant la cérémonie – qui est invariablement une fête somptueuse qui met la belle-famille sur la paille –, mon frère se tient près de sa nouvelle épouse comme s'il posait pour un magazine de mode. Je devais jouer le rôle de la sœur aînée mal fagotée qui complète le portrait de famille, debout à l'arrière-plan et légèrement floue.

J'ai joué ce rôle tellement de fois que je suis arrivée à la cérémonie prête à prendre mes marques. Il y avait une centaine d'invités cette fois-ci, une assemblée modeste selon les standards de mon frère, mais suffisante pour que cela prenne du temps d'en faire le tour, de procéder aux présentations et aux échanges de félicitations et de vœux de bonheur. Les parents de la jeune mariée se sont montrés très curieux.

« Vous vivez en Californie ? m'a demandé le père.

– Oui, ai-je dit. À Berkeley.

– Et qu'enseignez-vous ?

– L'informatique », a répondu ma mère à ma place.

C'est un sujet de fierté pour elle, je crois, parce qu'au départ je voulais être peintre, ce qu'elle considérait comme peu réaliste.

Le père a écarquillé les yeux, et il y a eu des murmures au fur et à mesure que la nouvelle se répandait parmi les tantes, oncles et cousins autour de nous. La Californie, a chuchoté quelqu'un. Berkeley. Ce qui n'a pas impressionné la mariée : elle m'a adressé un regard d'une pitié sans fond.

« Comme ce doit être difficile pour vous », a-t-elle dit, sa voix comme un cri rauque.

Près d'elle, mon frère a acquiescé d'un signe de tête.

« Quoi donc ? ai-je demandé.

– De vivre si loin.

– Vivre, quel que soit l'endroit, peut s'avérer difficile. »

Attends un peu, tu n'as pas encore vécu avec mon cher frère, ai-je pensé, on verra bientôt qui de nous deux trouve la vie difficile.

Mais elle portait déjà son attention ailleurs.

« Les photographes sont arrivés », a-t-elle dit.

Nous avons posé pour les photos – les mariés, leurs familles, leurs amis, suivant différentes configurations. Malgré la robe sans manches que je portais pour éviter le lourd caftan, j'ai senti les bouffées de chaleur monter. Alors que je fouillais dans mon sac à la recherche de mon traitement hormonal, la mariée m'a fait signe de sortir du cadre.

« Maintenant, une photo uniquement avec les Marocains. »

Vous imaginez ? J'étais sur le point de réagir brutalement quand mon frère est intervenu. Sa nouvelle épouse n'avait pas eu de mauvaise intention, m'a-t-il assuré, c'était juste que la couleur de ma robe jurait avec son caftan. Il m'a tirée pour que je revienne dans le cadre tout en offrant son sourire d'un blanc éclatant aux photographes. Mais je ne crois pas que tout cela l'ait vraiment dérangé. Au fond de lui, il m'en veut d'être partie à dix-huit ans, alors qu'il vit encore dans la maison où nous avons grandi et qu'il s'occupe de notre mère. Notre relation aurait peut-être été différente s'il était resté célibataire comme moi, au lieu de papillonner régulièrement d'une femme à l'autre.

Avec toute cette agitation, j'ai oublié de prendre mes cachets. Et au bout de quelques minutes sous les flashes des photographes, j'ai été prise d'un vertige et je me suis effondrée en me rattrapant à la traîne de la mariée pour garder l'équilibre. La dernière chose que j'ai entendue avant de tourner de l'œil, c'est le froissement du tissu tombant au sol.

Le lendemain, alors que je me préparais pour rejoindre la Merja Zerga, vraiment excitée à l'idée de me retrouver sur un bateau dans la lagune, j'ai appris que le Maroc fermait ses frontières. Je me suis précipitée ici pour tenter de trouver une place sur un vol, mais, jusque-là, je n'ai pas eu de chance. En parlant de ça, voilà les agents consulaires. Je reconnais le jeune homme en chemise bleue. Il était là il y a deux jours. Il se dirige déjà vers nous ; il a dû remarquer le passeport bleu dans votre main. Allez-y. On se reverra peut-être de l'autre côté.

AU TEMPS DE LA MORT, LA MORT DU TEMPS

JULIÁN FUKS

traduit du portugais (Brésil) par Marine Duval

Et alors, à je ne sais quel moment entre les premiers rayons de l'aube et la lumière aveuglante de midi, le temps a cessé d'avoir un sens. C'est arrivé sans agitation, ni bruit, ni vacarme pour annoncer quelque chose de si inhabituel. On aurait pu imaginer des horloges paralysées, des calendriers brouillés, nuit et jour se confondant dans un ciel grisâtre, mais rien de tout cela ne s'est produit. Le temps dénué de sens était un événement collectif, et tout à fait intime. Il ne provoquait plus que torpeur, indifférence, comme un abattement singulier et profond.

L'inexistence du temps a affecté chaque foyer d'une multitude de manières inconcevables, chaque individu comme coincé dans une heure infinie. Certains ont augmenté le rythme de leurs tâches quotidiennes, couvrant le silence d'une gestuelle automatique, se lavant les mains sans cesse, nettoyant frénétiquement les salons, cuisines, salles de bains. D'autres n'ont pu empêcher la torpeur de s'emparer de leur corps et restaient affalés sur leur canapé, inertes et impuissants – suivant avec une attention diffuse l'actualité qui se répétait, toute la mathématique de la tragédie. Un vestige du temps pouvait encore se laisser mesurer, non en minutes, heures, jours, mais en nombre de morts sur les graphiques de l'écran de télévision.

J'observais tout par la fenêtre, le regard traînant d'un appartement voisin à l'autre, je me changeais les idées avec ces bribes de vie que m'offrait le paysage. Au moment même de la mort du temps, si je me souviens bien, j'étais allongé dans le hamac, occupé à contempler les rues vides. J'ai senti cet instant s'éloigner du précédent et du suivant, s'éterniser dans son insignifiance, prendre du poids. Nous avions affaire à une distorsion du temps, tout se passait comme si ses contours grandissaient tant qu'ils occultaient le passé et bloquaient toute vision du futur. Des jours qui avaient précédé, de ces jours ensoleillés de liberté et d'innocence, je n'avais déjà plus que des souvenirs lointains, chargés de nostalgie, au bord de l'oubli. Quant à l'avenir, il était si incertain qu'il s'annulait complètement, rendant insensé le moindre projet échafaudé, la moindre possibilité d'amour convoitée, le moindre livre que j'aspirais à écrire. La paralysie du temps, me semblait-il, s'emparait d'un seul coup des maisons et des corps, condamnant à l'immobilité aussi bien les jambes, les bras, les mains, l'existence.

Ce jour-là, ou un autre peu importe, le Brésil comptabilisait mille et une morts. Je suppose que la symbolique du nombre a contribué à la faillite du temps, puisqu'en le privant même de ses aiguilles fatales, elle venait à bout de son ultime unité de mesure. Les mille et une morts, telles les mille et une nuits, étaient mille morts et une mort de plus, une infinité de morts plus une, des morts infinies. Une population entière découvrait, dans ce même instant interminable, qu'elle était capable de faire l'expérience dans la vie du caractère atemporel de la mort. Qu'il n'était même pas nécessaire d'éprouver la douleur et le malheur pour se trouver hors du temps, qu'il suffisait de l'imminence de la douleur et du malheur – il suffisait que cette imminence prenne assez d'ampleur et soit assez impersonnelle pour que l'ordre du temps s'effondre tout entier.

Et alors qu'il n'était plus possible de le mesurer, lorsque tout n'était qu'égarement, peur et ennui, les profiteurs n'ont pas tardé à apparaître, ceux qui voulaient faire de l'absence de temps un temps passé. Peu à peu, bien que tout ait été assimilé en un seul instant, les visages qu'on avait l'habitude de voir dans les journaux ont pris un air sinistre, leurs voix se sont assombries, leurs expressions nous renvoyaient des décennies en arrière. Quiconque regardait de près pouvait reconnaître dans les plus hautes autorités du pays l'image presque caricaturale de personnages anachroniques – sous les costumes le contour des uniformes, dans l'ombre des chaussures la forme des bottes, entre les doigts de longs stylos comme des matraques.

Les entendre pouvait sembler plus inquiétant encore que d'examiner leurs gestes et leurs vêtements. Leurs déclarations faisaient écho à d'autres déclarations, toujours scandaleuses et violentes. Ils commençaient par dédaigner les morts et les mesures préventives, contredisant les recherches scientifiques et prônant l'utilisation d'un élixir capable d'éliminer la pandémie. Ils en venaient à la nécessité de se remettre au travail, peu importent les conséquences, à la volonté de produire et de réduire les salaires et d'abattre la forêt pour que la croissance gagne du terrain. Ils finissaient toujours par s'acharner sur les voix qui s'élevaient contre eux, par s'en prendre directement aux critiques et aux dissidents, dans le désir de subjuguer leurs ennemis politiques, tous communistes, terroristes, subversifs.

Lorsqu'ils se taisaient, quelque chose de plus fort que le silence se produisait. Ce jour-là, ou un autre, peu importe, cela a provoqué chez moi un début de claustrophobie et le besoin irrépressible de partir, d'un coup. De laisser derrière moi l'appartement dans lequel je m'étais enfermé, de laisser cette inertie collective dans laquelle je m'étais enfoncé avec une passivité inconsciente. Je me souviens d'avoir marché d'un pas vif dans les rues, et mes pas semblaient composer des secondes, rendre à l'existence la mesure du temps. Je me souviens d'une certaine austérité dans les avenues vides, dans les ombres qui s'allongeaient de manière inquiétante, comme si quelque chose d'obscur et d'ancien menaçait de m'attaquer à chaque coin de rue. Malgré tout, j'aspirais à voir un visage, le visage de quelqu'un d'autre que moi, n'importe qui, un étranger, un inconnu – n'importe quel visage humain m'aurait suffi pourvu qu'il n'eût pas été affublé d'un masque ou derrière une fenêtre.

Je n'ai pas été surpris d'arriver chez mes parents, même si cela n'avait pas été une destination consciente. J'ai sonné à la porte en protégeant ma main à travers la manche de mon manteau, et j'ai fait quelques pas pour maintenir la distance recommandée. Mes parents sont sortis sans hâte, portant chacun une chaise pliée sous le bras, la disposant dans le jardin, à quelques mètres du trottoir. Il y avait une certaine sérénité dans leurs mouvements, de la paix presque, comme si notre rencontre n'avait rien d'exceptionnel. Mais ces êtres pacifiques avaient été autrefois les dissidents, les subversifs, les militants clandestins qui s'étaient soulevés contre la dictature des décennies plus tôt. Ce sont eux désormais les plus vulnérables à la maladie, et pourtant les voilà qui résistent, survivent calmement, ignorant ma peur.

Je ne sais plus de quoi nous avons parlé, mais l'image qu'ils formaient devant mes yeux est vive : leur visage pâle plissé par l'âge, au fond la maison de mon enfance, ses murs tachés par des années de joyeuse insouciance avec, au-dessus du toit, la cime de l'arbre que nous avons planté ensemble, un jour lointain qui se rappelait au présent. Dans cette maison vivait le temps, il me suffisait de m'y trouver pour sentir qu'il continuerait sa course, dans un enchaînement d'événements innombrables, et qu'un jour le temps effacerait les hommes obscurs qui nous gouvernent, effacerait mes parents et m'effacerait moi aussi, et qu'il continuerait sa course à travers les rues, à travers les places, à travers la ville entière, laissant tout un avenir dans son sillage. Il y avait là peut-être dans cette pensée quelque chose de vertigineux, de terrible, et pourtant je ne sais pas, à cet instant, la certitude du temps ne me procurait qu'apaisement.

DE LA PRUDENCE DES JEUNES FILLES

RIVERS SOLOMON

traduit de l'anglais (États-Unis) par Francis Guévremont

De toute façon, Jerusha ne savait pas où allaient les gens avant le confinement. À part le bowling – et elle ne pouvait plus y aller depuis que les propriétaires avaient décidé de se procurer une licence de débit de boisson –, il n'y avait pas grand-chose à faire à Caddo, au Texas.

Sur l'avenue principale, Embarcadero, il y avait le supermarché, le grand magasin de mercerie, la concession automobile, la boutique d'artisanat. Plus loin, près de la rampe d'accès à l'autoroute, il y avait les deux restaurants, Chili's et Rosalita's, et le Best Western. Dans le centre commercial, celui où Lawrence Tate s'était fait flinguer par la police (on déposait encore parfois des doudous et des baudruches à l'endroit où il était tombé), il y avait un Walmart, une boutique de vêtements féminins et un Starbucks. Un peu plus loin sur la même route, il y avait le magasin d'armes à feu et le stand de tir. Il y avait aussi une bibliothèque, mais Jerry n'y allait jamais, parce que la femme qui travaillait au comptoir ne permettait pas aux Noirs et aux Mexicains d'emprunter plus de deux livres à la fois, alors que la limite était normalement de dix. « Il vaut mieux pas en prendre trop, parce que sinon tu vas les rendre en retard et tu vas devoir payer des frais, et tu n'en as pas les moyens. Alors, tu commences par en emprunter juste deux, et après on verra. »

Non loin, à sept ou huit kilomètres, juste à l'extérieur des limites de la ville, se trouvait la prison pour femmes de Caddo Creek, le seul endroit un peu intéressant du coin, puisque la mère de Jerry y purgeait une peine de treize ans, dont elle en avait déjà fait neuf, et c'était dommage, parce que bientôt, elle l'aiderait à s'évader, et alors après, vraiment, Caddo ne vaudrait plus que dalle.

Des journalistes à la télé étaient en train d'expliquer, le plus sérieusement du monde, ce qu'il fallait faire pour se protéger du virus, mais à vrai dire, personne ne les écoutait.

« Jerusha, ma chérie, éteins-moi ça, ça fait trop de bruit », ordonna tante Rita, assise à la table de la cuisine, où elle s'affairait à compléter son cryptogramme quotidien en attendant son feuilleton programmé dans une heure.

« Je ne sais pas pourquoi tous ces gens pensent pouvoir faire quelque chose, ajouta-t-elle. C'est Dieu qui décide du sort des hommes. Quand je verrai notre gouverneur avouer tous ses péchés à la télé, je commencerai peut-être alors à l'écouter. Rien ne peut arrêter l'Armageddon. »

Pourtant, il est dit, dans les Proverbes, chapitre XXII, verset 3 : « L'homme avisé voit le malheur et il se cache, mais les simples passent et sont punis. » Ça ne l'inquiétait pas, tante Rita, de savoir que des gens allaient mourir à cause de cette maladie ? Oncle Charles avait une bronchopneumopathie, tante Wilma, le lupus et le diabète. Tante Rita elle-même devait être régulièrement dialysée.

Le pire, c'était la mère de Jerry, qui était dans cette prison sans masques ni gel hydroalcoolique. Sans penser au fait qu'elle était aussi asthmatique, séropositive, et qu'elle avait contracté une hépatite.

Est-ce que tante Rita voulait que sa nièce meure ? Probablement, oui. La mère de Jerry était une apostate, ce qui, pour la vieille tante, était pire que la mort.

Jerry, en gamine avisée, se garda bien de le dire à voix haut. Comme l'homme loué par les Écritures, elle se cachait du danger que représentait sa grand-tante. Une fille qui savait se dissimuler aux yeux de ceux qui lui voulaient du mal était plus libre que celle qui étalait sans réfléchir ses libertés supposées devant l'ennemi.

« Je t'ai dit d'éteindre, 'Rusha. »

Jerry se contenta de couper le son et appuya sur un bouton de la télécommande pour avoir les sous-titres. Occupée à finir son cryptogramme, tante Rita ne se rendrait compte de rien.

« Tu crois que je vais pouvoir aller voir maman demain ? » demanda Jerusha.

Tante Rita répondit par un grognement difficile à interpréter. Elle buvait son thé à la menthe, essayait de se concentrer ; elle considérait ce moment de la journée comme son temps de loisir, et elle refusait de s'intéresser à ce qu'elle appelait les « pitreries » de Jerry.

« Je pourrais le savoir en allant sur Internet », reprit Jerry.

Elle jouait avec le feu, mais c'était délibéré. Quand elle ne disait rien ou ne faisait rien qui puisse déplaire à tante Rita, la vieille dame s'inquiétait et s'imaginait que Jerry lui faisait des cachotteries. De plus, elle aimait bien réaffirmer son autorité ; l'impression de dominer sa petite-nièce lui donnait un fort sentiment de sa propre importance. Jerry ne voyait aucune raison de la détromper, d'autant plus que, bientôt, elle serait privée de ce petit plaisir.

Tante Rita, sourcils froncés, se mit à tapoter avec la pointe de son stylo sur la table.

« Pas besoin d'Internet, dit-elle. Je vais leur téléphoner demain matin et je leur demanderai si les visites sont autorisées. »

Tante Rita n'avait aucune intention de les appeler, mais cela n'avait aucune importance, parce que Jerry n'avait aucune intention de s'y rendre. Demain matin, sa mère et elle seraient déjà bien loin.

Quand Michael Pierce, le directeur de la prison pour femmes de Caddo Creek, avait assassiné sa femme d'un coup à la tête, il avait cru que personne ne l'avait vu. Ses filles étaient chez leur grand-mère, et le chien, dehors. Il n'avait pas prévu de le faire, mais voilà, c'était fait, et comme tout le monde, avant de commettre un acte interdit, il avait rapidement évalué la probabilité de se faire prendre. À cause du confinement, personne ne s'inquiéterait de l'absence de la femme de Michael, pas avant plusieurs semaines, ce qui lui donnerait tout le temps nécessaire pour en faire disparaître les moindres traces. Sans le vouloir, se disait-il, il avait réussi le crime parfait.

Si M. Pierce avait été un peu plus prudent, il aurait considéré avec le plus grand sérieux les trois dossiers de baby-sitters que lui avait présentés sa femme, quatorze mois auparavant – elle allait être souvent absente, parce qu'elle voulait suivre des cours du soir. Il aurait vérifié les références de Jerry, et aurait ainsi découvert qu'elles étaient fausses. Ce n'était pas d'ailleurs parce qu'elle ne pouvait pas trouver de bonnes références ; elle ne voulait pas que ses clients apprennent qu'elle demandait des tarifs différents à chacun, en fonction de ce qu'elle estimait être leurs revenus. Non, Michael aurait choisi

Jessi Tyler ou Isabel Emerson. Et ç'aurait été un bon choix, parce que ni l'une ni l'autre n'avaient l'habitude de cacher des caméras chez leurs clients pour pouvoir se disculper si on les accusait de vol, ce qui était arrivé une fois à Jerry.

La femme de Michael lui avait présenté les dossiers, ayant bien organisé toutes les informations et tout placé dans des enveloppes. Mais il avait préféré monter le volume de la télé, parce que la partie de poker qu'il regardait l'intéressait infiniment plus. « Comme tu veux, chérie, avait-il dit. Ou alors viens me redemander quand la partie sera finie ? »

Sa femme avait choisi la jeune fille dont on disait qu'elle était membre des Témoins de Jéhovah – elle avait entendu dire qu'il s'agissait d'une secte, et elle rêvait secrètement de la tirer de leurs griffes. Elle avait vu, une fois, à la télé, des petites filles mormones qu'on avait sauvées d'un mariage polygame. En plus, elle croyait que ça ferait du bien à ses filles, de passer un peu de temps avec une jeune femme modestement vêtue. Enfin une qui ne s'habillait pas comme une pute : une jeune fille bien comme il faut qui portait des vêtements bien comme il faut.

S'il avait été une bonne personne, Michael aurait pris le temps de parler une fois ou deux à cette baby-sitter, qui travaillait chez lui depuis plus d'un an. S'il l'avait fait, Jerry aurait peut-être eu un peu de considération pour lui et l'aurait peut-être traité avec un peu de miséricorde. Mais il n'avait jamais même pris la peine de se souvenir de son nom. Un truc qui faisait biblique, c'était tout ce qu'il savait. Pour lui, elle était la « petite Noire ».

C'était d'ailleurs ce manque d'intérêt qui avait provoqué la dispute avec sa femme. Jerusha était venue chercher l'argent qu'ils lui devaient encore, juste avant le début du confinement. Après son départ, Michael avait demandé, en plaisantant mais pas vraiment :

« Pourquoi ces filles sont toujours roulées comme des strip-teaseuses ? Je veux dire, elle a quoi ? Quinze ans ? Seize ? C'est pas normal, quand même ! »

Il avait secoué la tête, comme pour dire : il y a quelque chose qui ne tourne pas rond. Ce n'était pas pareil, avant, à Caddo.

« Tu n'es pas supposé dire des trucs pareils, Michael. C'est pas sa faute ! »

Il faut toujours qu'elle se plaigne, celle-là, pensait-il.

« Non, mais, franchement, tu y crois, à cette mascarade ? avait-il demandé. Ce look de gentille petite fille bien croyante ? »

Il avait bien remarqué qu'elle le regardait du coin de l'œil, il lui avait rendu ses regards. Pas de doute possible, rien que sa façon de marcher et de bouger était une sollicitation.

« Si tu avais voulu que j'engage une autre fille, il aurait fallu que tu regardes les dossiers que j'avais préparés. Je vais lui donner son congé, si tu préfères.

– Je t'ai pas demandé de la virer, enfin ! Sois pas mélodramatique. Et c'est quoi, cette histoire de dossiers ? J'ai jamais entendu parler de dossiers ! »

Elle avait secoué la tête.

« Les dossiers, Michael. »

Sa femme avait toujours été un peu jalouse, elle disait toujours qu'il ne faisait pas attention à elle. Mais si elle avait eu des choses intéressantes à raconter, il l'aurait écoutée.

Plus tard, elle l'avait accusé de vouloir coucher avec cette fille, ce qui était débile, non mais, carrément débile. C'était elle qui s'exhibait sans arrêt devant lui, et s'il avait couché avec elle – oui, il l'avouait, il avait couché avec elle –, ce n'était pas parce qu'il la désirait, mais parce qu'elle l'avait provoqué.

Sa femme l'avait poussé et avait crié qu'il était un pervers, ce qui, il faut bien le dire, constituait une forme de violence verbale.

Le chantage, au fond, ne diffère pas beaucoup de la prison. On peut s'en sortir, mais, généralement, il faut saigner un peu. Quand un inconnu vous envoie une vidéo dans laquelle on vous voit en train d'assassiner votre femme, vous n'avez pas le choix, vous devez céder.

Mais il y a des limites. Michael Pierce voulait bien organiser l'évasion de Rochelle Hayes, mais, après, il la suivrait, il découvrirait l'identité de celui qui voulait le faire chanter, et il lui réglerait son compte.

Jerry avait mis la table et préparé le repas : des verres de Kool-Aid, du saumon pané, de la purée de pommes de terre instantanée, des haricots verts et des petits pains.

« Eh ben, dis donc ! s'exclama tante Rita.

– J'en ai même trop fait, j'ai mis le reste au congélateur.

– Depuis quelques semaines, tu fais tout le temps la cuisine, le congélateur est plein à craquer. C'est la nouvelle maladie, c'est ça ? Tu as peur ? »

Jerry alla chercher le rouleau de Sopalin et le plaça au centre de la table.

« Je n'ai pas peur, répondit-elle. Jéhovah protège les fidèles. Nous connaîtrons bientôt les jours de paix.

– Amen, amen, dit tante Rita. Tu veux réciter le bénédicité, ce soir ? »

Jerry s'assit en face de sa tante. Ce serait la dernière fois qu'elles partageraient un repas.

« Bien sûr. »

Elle préférait, de toute façon, parce que tante Rita, quand elle le faisait, ça durait des plombes.

« Jéhovah, bénissez-nous, Seigneur, ainsi que ce pain que nous allons manger. Par Jésus-Christ, notre Seigneur, amen.

– Amen. »

Jerry avait mis de côté deux portions, pour les donner à sa mère quand elle la verrait plus tard ce soir-là. Ce serait son premier vrai repas en presque dix ans. Elle avait aussi mis dans la glacière des noix, des fruits, des bouteilles d'eau, des crackers, du pain, du thon en boîte. Il n'y avait plus rien sur les étagères des magasins, mais grâce à son Témoin intérieur, Jerry était toujours parée à toute éventualité.

« Tu n'es pas très bavarde ce soir », remarqua tante Rita.

Jerry mit une seconde portion de purée dans son assiette.

« Je réfléchis, juste.

– À quoi ?

– À la fin du monde. »

Par quoi elle voulait dire la fin de sa vie, dans cette maison, avec tante Rita.

« Maman a dit, reprit Jerry, que le jour où je suis née, elle a compris que c'était sa petite Fin des Temps personnelle. Et que c'était mieux comme ça. Elle a dit que c'est pour ça qu'elle a quitté les Témoins. »

Tante Rita laissa tomber sa fourchette, qui atterrit avec grand bruit sur son assiette.

« C'est une honte ! »

Il y avait une photo, prise le jour après la naissance de Jerry ; on y voyait sa mère, le crâne fraîchement rasé. Elle avait dit à sa fille qu'elle avait éprouvé un besoin irrésistible de se couper les cheveux, ce jour-là. Ce n'était peut-être que les hormones, mais peu importait : en tenant son bébé, elle avait compris qu'une nouvelle vie commençait, et que cette nouvelle vie ne pourrait se construire que sur les ruines de l'ancienne. Rochelle avait divorcé, quitté les Témoins de Jéhovah, et était devenue lesbienne. Le père de Jerry était venu pour la prendre, et Rochelle lui avait tiré une balle dans le cœur.

Parfois, le meurtre est nécessaire ; parfois, se tenir à la merci de son ancienne vie, c'est une imprudence. Il fallait bien réfléchir à tout, tout bien planifier. Il fallait accepter cette nouvelle vie, et donc aussi accepter quelques morts.

Le dîner terminé, tante Rita s'installa sur le fauteuil pour regarder son jeu télévisé. Jerry en profita pour aller vérifier que ses bagages étaient prêts. Elle avait pris dix culottes, cinq soutiens-gorge, cinq maillots de corps, trois chemises, trois jupes, sept paires de chaussettes, du dentifrice, une brosse à dents, du fil dentaire, du rince-bouche, du déodorant, sa Bible, son acte de naissance et un pistolet.

Elle sortit. Tout en tirant la valise derrière elle, elle descendit Juarez Street, tourna sur Embarcadero, passa devant l'immeuble qui était auparavant un magasin de jeux vidéo, mais qui était fermé depuis quatre ans. Elle passa devant le banc commémoratif que des dames noires avaient fait installer, grâce à des dons, en l'honneur de Dewey James, un homme qui avait été tué dans les années 1980 par des adolescents blancs qui l'avaient attaché avec une corde à l'arrière de leur pick-up et traîné dans la rue.

Cette ville était pratiquement déjà en ruines. L'herbe jaunie, brunie, poussait dans les fissures de l'asphalte ; partout, la peinture s'écaillait. On avait dû déplacer les classes de l'école élémentaire dans des préfabriqués, parce qu'on avait découvert une horrible infestation de moisissure dans les murs du bâtiment principal. Puis, de toute manière, toutes les écoles de la ville avaient fermé. Un panneau publicitaire annonçait des terrains à vendre, mais l'affiche avait pelé et, depuis décembre, seuls les deux derniers chiffres du numéro de téléphone étaient visibles.

Un endroit aussi laid possédait malgré tout une certaine beauté : quand on se rend compte que les lieux ne nous protègent plus, il est facile de s'en détacher.

Quand elle s'apercevrait, le lendemain matin, que sa petite-nièce n'était plus là, tante Rita se demanderait probablement si une mésentente secrète ne les avait pas séparées. Pourtant, Jerry et sa grand-tante avaient toujours été d'accord au sujet de cette vérité essentielle : tout autour d'elles allait devoir s'écrouler. Un nouveau monde était possible, mais seulement si on était prêt à aller jusqu'au bout.

Jerry retrouva sa mère près du château d'eau, comme convenu au téléphone.

« Tu es venue à pied ? » demanda-t-elle à sa fille.

Ça faisait presque quinze kilomètres, mais Jerry avait mis de bonnes chaussures.

« Il t'a suivie ?

– Oui, exactement comme tu l'avais prédit. Regarde, là-bas, ajouta Rochelle en chuchotant. Tu vois, avec les phares éteints. »

Elle montrait la route du doigt. La voiture se trouvait à une dizaine de mètres. Il y avait déjà eu un mort, mais il y en a pour qui ce n'est jamais assez.

La nuit tombait, une fine brume grise voilait l'obscurité. Jerry prit son pistolet, se dirigea vers la voiture.

Il ne la verrait jamais approcher. Après tout ce qu'il lui avait fait, elle ne pouvait plus supporter son existence. Ce soir-là, ce n'était pas le salut de sa mère qu'elle souhaitait obtenir, mais le sien.

Comme l'homme avisé, elle resta cachée jusqu'à la dernière seconde, se faufila jusqu'à la voiture, appuya sur la détente. Ce fut le début de l'Armageddon, son Armageddon à elle. Et ça lui plaisait.

UNE HISTOIRE D'ORIGINES

MATTHEW BAKER

traduit de l'anglais (États-Unis) par Santiago Artozqui

Du rationnement comme du désespoir peut surgir la grandeur ! En Louisiane, au XIXe siècle, pendant un blocus naval en temps de guerre. Au Japon, au XXe siècle, pendant une crise économique dévastatrice. Ou ici, à Detroit, au XXIe siècle, dans une petite maison rose. Quand on y songe après coup, il est stupéfiant de constater que tous les mélodrames des mois précédents furent éclipsés par cet unique événement.

« J'ai fait une découverte capitale », annonça Beverly.

Elle s'était présentée sur le seuil du salon dans une chemise de nuit rose.

Toute la famille était là pour le confinement. Ses enfants, ses petits-enfants, ses arrière-petits-enfants et le correspondant scandinave d'un des étudiants de la famille. La maison de Beverly était la plus petite, mais elle avait refusé de s'installer ailleurs pendant le confinement, alors la famille était venue jusqu'à elle, et ils dormaient sur des canapés, sur des fauteuils inclinables et sur le lit de secours dans la chambre d'amis. Sur des matelas gonflables au sous-sol. Beverly était une veuve de quatre-vingt-dix ans dont la scolarité s'était arrêtée au lycée, et elle avait beau être grognonne et raconter tout le temps des ragots souvent agrémentés de détails scabreux que de toute évidence elle inventait, la famille lui vouait un véritable culte. Tout le monde, en fait, sauf

Ellie. Tatouée, un piercing dans le nez, Ellie était en première année à la fac, et même si les deux femmes s'adoraient quand Ellie était plus jeune, leur relation s'était détériorée avec le temps et, ces dernières années, elles ne s'adressaient presque plus la parole. C'était peut-être précisément parce qu'elles avaient été si proches, inséparables lors des réunions de famille, que tout le monde trouvait leur conflit si inquiétant. La querelle n'avait fait que s'intensifier pendant le confinement, à présent que toutes deux étaient obligées de coexister à longueur de journée, de partager une cuisine, une machine à laver et une salle de bains avec des W-C capricieux. Ellie semblait particulièrement amère à propos des crèmes glacées. Dans le frigo, la place était limitée, le supermarché avait été frappé par les pénuries, et Beverly avait instauré un système de rationnement strict afin de faire durer les vivres. L'allocation journalière de crème glacée était bien maigre : une seule boule par personne et par soir. C'était ça, ou se trouver tout de suite à court et ne plus du tout en manger, alors le reste de la famille était convenu que c'était la meilleure solution, même si c'était triste. Pendant une semaine, la famille s'était réunie chaque soir dans le salon pour manger une unique boule de crème glacée, avec un sentiment de privation. Ellie avait exprimé avec grande véhémence à quel point cette situation la frustrait. Mais à présent la famille contemplait Beverly sur le seuil du salon, un bol dans les mains.

« C'est quoi, ce truc, encore ? demanda Ellie.

– Une innovation », répondit Beverly.

Dans son bol, une boule de crème glacée saupoudrée de glace pilée était posée sur un petit tas de glace pilée. Beverly expliqua qu'elle avait pilé la glace en remplissant un sac plastique de glaçons tirés du frigo et en tapant dessus avec un maillet de caoutchouc.

« Dis-moi que c'est une blague ! s'écria Ellie.

– Maintenant, on peut en manger un bol chacun, répondit Beverly.

– Personne n'a envie de manger de la crème glacée coupée à l'eau, rétorqua Ellie d'un air dégoûté.

– Je serais content d'essayer, lança le correspondant.

– J'appelle ça de la crème glacée glacée, précisa Beverly.

– De la crème glacée glacée, répéta le correspondant avec une mine émerveillée.

– C'est le nom le plus bête que tu aurais pu trouver, dit Ellie.

– En fait, j'ai passé beaucoup de temps à décider comment j'allais appeler ça.

– Dire "glacée" deux fois, c'est redondant », argua Ellie.

Le correspondant, dont à la vérité pas grand monde dans la famille n'avait retenu le nom, démontra une parfaite maîtrise de la langue anglaise en suggérant que la répétition du mot « glacée » pouvait bel et bien remplir une fonction valable du point de vue de la syntaxe, car ce que les locuteurs anglais appellent de la crème glacée ne contient pas, du moins pas littéralement, de glace.

« Je n'ai jamais autant détesté un truc de ma vie », lança Ellie.

Ce soir-là, Beverly prépara de la crème glacée glacée pour tout le monde et fit plusieurs allers-retours depuis la cuisine en traînant des pieds, et même si personne dans la famille n'aimait la crème glacée coupée à l'eau, ils trouvaient indéniablement séduisant le fait que leur bol soit plus rempli. Pendant le reste du confinement, la famille se réunit tous les soirs dans le salon pour manger de la crème glacée glacée, et ils prenaient bien soin de mettre un peu de crème glacée et un peu de glace pilée dans chaque cuillérée qu'ils portaient à leur bouche. Seule Ellie s'y refusait. Elle ne voulut même pas essayer. À la place, elle mangeait tous les soirs son unique boule de crème glacée dans un bol par ailleurs vide. Quand elle avait fini, elle fixait d'un œil buté la moquette tandis que le reste de la famille continuait de savourer la moindre bouchée.

« Vous savez, il y a un truc là-dedans qui est quand même pas mal », dit un soir Beverly d'un ton songeur après avoir avalé une cuillérée de crème glacée glacée.

À l'autre bout du salon, Ellie émit un grognement de mépris.

Beverly mourut dans son lit un mois après la fin du confinement, mais la famille n'entendit parler de la chicorée et du thé au riz grillé que des décennies plus tard. En Louisiane, au XIXe siècle, à cause du rationnement dû à un blocus, les gens commencèrent à remplacer le café par de la chicorée, mais à la fin de la guerre, tout l'État s'était entiché de ce breuvage, et la chicorée y est encore populaire aujourd'hui ; au Japon, au XXe siècle, à cause des rationnements liés à la crise économique, les gens commencèrent à ajouter du riz grillé dans leur thé, mais quand l'économie se remit sur pied, tout le pays s'était entiché de ce breuvage, et le thé au riz grillé y est encore populaire aujourd'hui. Personne dans la famille n'avait jamais goûté la chicorée ou le thé au riz grillé, et pourtant, ils en vinrent tous à se sentir profondément liés à ces événements, parce que le même phénomène s'était produit avec la crème glacée glacée. Même après la pandémie, la famille continua de manger de la crème glacée glacée – au début occasionnellement, par nostalgie, puis par routine, jusqu'au moment où, à leur propre stupéfaction, ils en vinrent à la préférer. La texture merveilleusement rêche des cristaux de glace dans la crème glacée. La glorieuse saveur des échardes de glace dans la crème glacée. La façon dont la glace faisait resplendir dans la lumière la crème glacée fondante. Les membres de la famille finirent par présenter cette création à leurs amis, leurs collègues et leurs camarades de classe, et par la suite à de parfaits inconnus. Un été, un des cafés du quartier ajouta la crème glacée glacée à sa carte, et dès l'été suivant, les gargotes au bord de la rivière proposaient de la crème glacée glacée. Une chaîne d'info locale diffusa une pastille sur des touristes qui goûtaient de la crème glacée glacée pour la première fois. Dans un article de journal, le maire qualifia la crème glacée glacée de trésor culturel. La famille traversa tout cela avec un sentiment de stupeur. Beverly avait vécu pendant quatre-vingt-dix années et, pour être honnête, au cours de sa dernière décennie, la famille avait fini par la considérer comme une relique. Et elle-même semblait le penser, car elle parlait comme si les grands événements de sa vie se trouvaient derrière elle. Et pourtant, ce n'est qu'à ce moment-là, à la toute fin, quand elle déambulait dans la maison en traînant les pieds en chaussons roses et chemise de nuit assortie, avec sa prothèse auditive qui grésillait parce que sa batterie était presque à plat, qu'elle avait accompli ce pour quoi on se souviendrait d'elle. Elle avait créé une sensation.

Cependant, le plus surprenant dans toute cette saga fut l'incident qui se produisit avant même que la famille ne quitte la maison. Le jour de la fin du confinement, avant de laisser Ellie partir, Beverly força son arrière-petite-fille à s'asseoir sur une chaise dans la cuisine et à manger un bol de crème glacée glacée. Ellie avala chaque cuillérée avec une mine renfrognée, grimaçant à chaque bouchée et les entrelardant de commentaires sur le fait que la glace gâchait totalement la crème glacée, qu'il n'y avait jamais eu de plus grande atrocité dans l'histoire des arts culinaires, que le concept lui-même était si abominable que les anges étaient probablement en train de fondre en larmes au paradis, et elle ajouta pour conclure qu'elle trouvait toujours le nom stupide. Quand elle posa son bol vide, elle leva les yeux vers son arrière-grand-mère, laquelle la dévisageait d'un air neutre.

« Quoi ? » demanda Ellie.

Soudain, Beverly éclata de rire et porta la main à son front avec une expression d'impuissance, et Ellie sourit, perplexe.

« Tu ne peux pas me tromper, dit Beverly.

– Je suis sérieuse », insista Ellie.

Beverly rigolait tellement fort que ses épaules étaient prises de soubresauts et qu'elle avait dû s'adosser au comptoir pour retrouver l'équilibre ; en la voyant se tordre de rire, Ellie fut gagnée par l'hilarité, elle aussi, et au début, elle tenta de la réprimer – sa bouche tremblait, tant elle s'efforçait de garder une expression sérieuse –, mais en fin de compte elle éclata de rire et se prit le visage dans les mains.

« Tu n'as inventé ça que pour te foutre de moi, dit Ellie.

– J'essayais simplement d'aider », argumenta Beverly.

Les deux semblaient prises dans une boucle. Plus Beverly riait, plus Ellie se marrait, jusqu'à ce qu'elles finissent par se retrouver toutes deux dans la cuisine, mortes de rire, les larmes aux yeux.

« Mais pourquoi on rit, déjà ? » demanda Beverly.

Par la suite, aucune d'elles ne fut en mesure d'expliquer ce qui était si drôle. Sur le moment, cependant, quelque chose semblait s'être dénoué entre elles. Ellie laissa même Beverly la prendre dans ses bras, une dernière fois, avant de s'en aller.

VERS LE MUR

ESI EDUGYAN

traduit de l'anglais (Canada) par Nadège T. Dulot

Quatre ans avant la pandémie, je voyageais vers les collines enneigées de l'ouest de Pékin avec mon premier époux, Tomas.

Originaire de Lima, il était artiste et travaillait alors sur une installation, la réplique d'un cloître du xe siècle. Quelques années auparavant, il s'était pris de passion pour l'histoire d'une nonne française du Moyen Âge qui s'était levée un matin en hurlant sans ne plus pouvoir s'arrêter. Elle fut rejointe les jours suivants par une autre sœur, puis une autre, jusqu'à ce que le couvent entier résonnât de l'écho de leurs cris. Elles ne se turent que quand des soldats menacèrent de les battre. Ce qui interpellait Tomas, me semble-t-il, c'était l'absence de choix dans la vie et le destin de ces femmes qui furent placées petites filles dans des couvents par des parents qui n'en voulaient pas ou ne pouvaient pas les nourrir. Les cris semblaient représenter un libre arbitre retrouvé. Toutefois, le projet lui causait des difficultés. À l'époque de notre voyage, il ne pensait pas qu'il le finirait, et moi non plus. À ce moment déjà, quelque chose s'éteignait en lui.

Mais, le matin de notre excursion à la Grande Muraille, les heures paraissaient entières et immaculées. Nous nous chamaillions depuis des semaines, mais la nouveauté de la campagne chinoise, avec ses textures, son climat et sa nourriture inconnus, avait modifié les choses entre nous.

Tomas arborait un large sourire à notre arrivée devant l'entrée des touristes, ses dents droites et blanches dans son visage étroit.

Des marchands nous hélaient le long du chemin ; leur respiration ennuageait l'air. Une femme braillait pour nous faire acheter des presse-papiers de jade poli et des portefeuilles en tissu scintillant, de la fausse monnaie rassemblée avec du fil rouge et des stylos transparents dans lesquels des petits bateaux en plastique flottaient au milieu d'un liquide visqueux comme s'ils voguaient sur le Yang Tsé. Le vent était vif et frais, porteur d'une odeur presque végétale, introuvable en ville.

Nous nous glissâmes dans la cabine de téléphérique en verre qui allait nous transporter vers les tronçons de plus haute altitude. Quand la cabine s'avança au-dessus de la gorge et ses arbres aussi noirs que des eaux nocturnes, nous fûmes secoués d'un rire nerveux. Puis, enfin arrivés dans les hauteurs, nous foulâmes l'antique passage de pierre, une lumière pâle et froide sur nos fronts. L'air avait un goût vaguement métallique.

« Je me demande si on aurait dû acheter quelque chose à la dame en bas, dis-je. Pour ma mère ?

– Gabriel veut des cigarettes chinoises, dit Tomas, ses yeux marron s'humidifiant à cause de la force du vent. Je ne sais pas pourquoi. Apparemment, c'est plus classe de fumer des cigarettes étrangères.

– Tu es dur avec lui », remarquai-je.

Je n'aurais pas dû dire ça. Tomas me jeta un coup d'œil, sans dire un mot. Il n'aimait pas parler de son frère en ces temps-là. Entre eux subsistait une douce haine dont les racines enfantines me paraissaient floues, même après dix ans de mariage. Cela ne pouvait qu'empirer par la suite, à cause de l'accident qui allait se produire deux ans après notre retour de Chine. Tomas allait renverser son neveu avec sa voiture, tuant le garçon. Un enfant d'à peine trois ans. À cette époque, Tomas et moi serions déjà entrés dans l'ère du désamour. Ce que je saurais, je l'aurais appris d'un ami commun. La mort allait s'ériger en barrière qui ne laisserait plus rien passer, et tous ceux qu'elle allait toucher disparaîtraient de l'autre côté, perdus.

Mais ce jour-là, pour les heures à venir, le chemin de pierre sinueux s'étirait devant nous jusque dans le brouillard distant. Nous parcourûmes une section dont les pierres étaient couvertes de veinures violettes, la roche y était aussi plus rugueuse et plus blanche, et certaines pierres étaient d'un gris si terne que l'on pouvait sentir leur élémentarité immémoriale. Et malgré la fluidité de la conversation, nos rires, je sentais, nous sentions tous deux planer l'ombre de ma remarque.

Le brouillard se fit plus dense. La neige se mit à tomber.

C'était le moment de partir. Nous revînmes sur nos pas jusqu'à l'entrée du téléphérique, mais elle avait disparu. Nous empruntâmes un autre chemin, mais il débouchait sur un point de vue. Nous nous dévisageâmes l'un l'autre. La neige s'épaissit.

Derrière nous, une silhouette soudaine s'éloignait à grands pas. Tomas appela l'homme, mais, au détour d'un virage, il disparut.

L'après-midi s'assombrissait. Une forte odeur de terre imprégna l'atmosphère. Nous gravîmes les marches irrégulières qui menaient à un palier brusquement interrompu par une barrière. D'autres marches descendaient jusqu'à un mur. Une autre voie semblait n'aller nulle part, alors nous y renonçâmes. Le bout de mes doigts commençait à me brûler de froid. Je m'imaginais Pékin à cette heure-là, les grands restaurants de la rue près de notre hôtel, l'air qui sentait les gaz d'échappement, la viande frite et les fleurs réchauffées par le soleil, leurs pétales tombés comme des larmes de cire pâle sur le trottoir.

« Nous sommes dans un dessin d'Escher », lança Tomas, étrangement euphorique.

Moi aussi, je souris, mais tremblante ; j'avais le souffle aigu du vent dans les oreilles. La neige s'était accrochée à mes cils, si bien que je clignais fort des yeux.

Deux femmes aux cheveux noirs apparurent alors, un amas de boîtes métalliques à leurs pieds. Je fus surprise de lire une légère déception sur le visage de Tomas. Je me mis à gesticuler pour expliquer que nous étions perdus. Elles écoutèrent, le visage impassible, les rides humides et luisantes. C'est alors que l'une d'elles se tourna vers Tomas et s'adressa timidement à lui en mandarin ; elle leva ses mains d'ancienne et épousseta les cristaux de neige de ses cheveux. Il eut un rire enfantin, joyeux.

La deuxième femme sortit d'une de ses boîtes deux gobelets en polystyrène remplis de thé fumant. À quel moment les avait-elle versés ou comment était-elle parvenue à maintenir l'eau aussi chaude pendant une journée aussi froide dans ces collines, je l'ignorais, mais Tomas saisit le sien avec grande cérémonie. Je refusais le mien d'un geste de la main.

Les femmes gesticulèrent vers l'espace derrière elles. Et elles nous apparurent, les cabines de téléphérique. Les dômes de verre se balançaient au-dessus de la vallée noire, ouverte, comme s'ils venaient tout juste d'être restaurés.

Tomas fit un bruit d'étonnement. Tandis que nous nous dirigions vers les cabines, il décrivit, émerveillé, les sensations que lui avaient procurées les mains de la vieille dame sur sa tête, leur poids inattendu, le cuir de sa peau.

Mais, sur le chemin du retour vers Pékin, nous parlâmes peu. Ce fut étrange de ne rien dire, après si longtemps. Tomas était toujours prolixe dans les moments de joie, mais à présent il semblait vidé, comme si on en avait extrait quelque chose par la force. Quand nous regagnâmes l'hôtel, je vis bien à la tension de ses lèvres qu'il était encore troublé par quelque chose que je ne saisissais pas. Je lui pris délicatement la main. Dans un geste réciproque, il serra la mienne, comme s'il savait où s'acheminaient nos vies, comme si les ravages s'étaient déjà produits. Dans le monde entier, des lumières s'éteignaient déjà, même alors.

BARCELONE, VILLE OUVERTE

JOHN WRAY

traduit de l'anglais (États-Unis) par Charles Recoursé

Xavi a renoué avec la chance au premier jour du couvre-feu. Il m'explique qu'il était au chômage depuis un mois – viré d'un job qui consistait à téléphoner à des vieilles dames sans défense pour leur fourguer des assurances habitation – et plus ou moins en chute libre ; mais le confinement a tout changé. Du jour au lendemain, son entourage a cessé de lui demander s'il avait retrouvé un travail, et sinon pourquoi, et comment il avait l'intention de payer son loyer. Tout le monde attribuait plus ou moins automatiquement sa situation au « covirus », ce qui épargnait à Xavi de devoir exposer les vrais motifs de son renvoi : retard, démarchage la bouche pleine et utilisation de voix ridicules avec les clients afin de préserver sa santé mentale. Soudainement, rien de tout cela n'avait plus d'importance. La ville entière était congédiée, la ville entière était à moitié folle, et la ville entière crevait d'envie de sortir dans la rue, de remonter la Rambla à contresens en admirant d'un œil triste des objets qu'elle n'avait pas réellement l'intention d'acheter, exposés dans les vitrines éteintes. La vie de Xavi était devenue la vie de tout le monde.

À cette différence près qu'il pouvait continuer à pratiquer les activités décrites ci-dessus, un curieux privilège qu'il devait à Contessa et Sheppo. Avant le confinement, il les sortait deux fois, le matin et après le dîner

– surtout Sheppo, un Lhassa Apso âgé de trois ans qui devenait maboul s'il n'avait pas son quart d'heure de promenade au parc Juan Miró –, mais ces derniers temps c'était trois, quatre, voire six ou sept fois par jour. Xavi y voyait un signe que sa dépression avait fini par s'envoler, et il y avait certainement une part de vérité là-dedans ; mais il y avait aussi une composante plus existentielle. Promener ses chiens lui donnait le sentiment de tromper le système, de pirater la matrice, de faire un pied-de-nez aux dieux. Huit jours après le début du confinement, les piétons dépourvus d'autorisation étaient en butte au harcèlement de la police municipale, sans parler de celui de leurs propres voisins – mais les chiens, qu'ils soient grands ou petits et quel que soit leur pedigree, pouvaient arpenter la ville à leur guise. Xavi a bien vite saisi le potentiel économique de cette situation. Contrairement à ce que semblait indiquer son piètre CV, il s'était toujours envisagé comme un entrepreneur.

Dès le lendemain, il a commencé à faire courir le bruit – d'abord parmi les habitants de sa massive résidence franquiste dans la Carrer de l'Olivera, puis auprès de ses amis et connaissances du quartier – que Sheppo et Contessa étaient disponibles pour des « excursions » par créneaux de deux heures, tarif sur demande. Les réponses n'ont pas tardé à pleuvoir. Au point que Xavi a été un peu troublé par l'enthousiasme de ses concitoyens. Il a compris qu'il allait devoir instaurer une procédure de sélection – il n'était pas un vulgaire maquereau, il aimait profondément ses chiens. Néanmoins, il avait aussi un loyer à payer.

Ce soir-là, il s'est muni d'un stylo et de quelques Post-It, et il a mis sur pied un protocole impitoyable. Première étape, un e-mail ou un échange de SMS comportant au moins six messages. Deuxième étape, un entretien de trente minutes minimum, en face à face, qui pourrait se dérouler soit au caniparc, soit dans le salon de Xavi. Si Sheppo montrait la moindre hésitation – Contessa, pour sa part, bondissait sur les genoux du premier venu quelques secondes à peine après l'avoir rencontré, on ne pouvait donc se fier à son jugement –, l'accord tombait à l'eau, aucun recours possible.

Afin de rendre le processus encore plus rigoureux, Xavi a décidé, après mûre réflexion, qu'il ne confierait pas ses chiens aux électeurs du Partido Popular, aux fumeurs de cigarettes, aux myopes et aux épileptiques, ni aux postulants qui marchaient avec une canne. Il se répétait qu'il proposait un service précieux : des citoyens convenables et honnêtes avaient ainsi la possibilité de rendre visite à leur mère, à leur petite amie ou à leur bureau de paris clandestins préféré, ses chiens se dégourdissaient les pattes, et il réglait ses dettes. Un modèle économique innovant, limpide et socialement responsable. Après la rencontre avec le premier candidat – rembarré par Sheppo en moins de cinq minutes –, Xavi a commencé à se prendre pour l'Elon Musk de Poble Sec.

Il y a eu un peu de tout dans la clientèle de ce premier jour : un homme qui avait tout du bon chrétien, jusqu'à la tonsure de moine, et qui affirmait vouloir rendre visite à une tante diabétique dans le quartier de Sarrià ; une femme dodue, chaussée de tennis, qui voulait que les chiens lui servent de « soutien astral » ; à nouveau le frère capucin – qui, cette fois, n'a même pas pris la peine de fournir un motif – et enfin Fausto Montoya, un ancien collègue de Xavi qui comptait profiter de cette liberté pour espionner son ex. Xavi a écarté deux prétendants

– l'un parce qu'il votait pour le Partido Popular (et était fumeur), l'autre pour avoir donné au virus qui détruisait l'économie mondiale et emportait les Catalans par centaines le sobriquet de « Cobi », qui se trouvait aussi être le nom de la mascotte des Jeux olympiques de Barcelone en 1992. Xavi n'avait eu aucun remords à lui montrer la porte.

Mariona a fait irruption dans sa vie le dixième jour du confinement, soit le lendemain du lancement de sa petite entreprise, à l'heure où il fumait d'ordinaire son deuxième joint. Elle a frappé à la porte de l'appartement alors qu'il s'accordait sur un prix avec le capucin – lequel semblait bien décidé à venir deux fois par jour, réglé comme une horloge, aussi longtemps que durerait la pandémie – et elle est entrée sans un mot d'explication, comme une vieille connaissance. Xavi en est resté bouche bée, lui qui s'évertuait depuis quelque temps à diminuer la quantité de shit qu'il fumait dans la journée. Il lui a demandé de s'asseoir, en partie pour gagner du temps et en partie parce qu'elle mesurait au moins cinq centimètres de plus que lui et qu'il se sentait déjà suffisamment dépassé comme ça. Il lui a servi de l'eau du robinet dans une tasse fêlée aux armes du Real Madrid, un club qu'il haïssait pourtant de toutes ses forces, et lui a fait passer l'entretien habituel en bafouillant, de moins en moins convaincu d'être l'Elon Musk de Poble Sec ou de n'importe où ailleurs. Et puis il a commencé à se demander si ce n'était pas cette femme assise en tailleur sur son futon qui le passait au gril, et non l'inverse. Quoique légèrement délabrée, la zone de son cerveau qui était affectée aux questions d'éthique s'est mise à le titiller : pour la première fois, sans qu'il parvienne à déterminer pourquoi, il envisageait la possibilité que sa jeune affaire ne constitue pas franchement un motif de fierté. Ce n'étaient pas les paroles de Mariona qui suscitaient ce questionnement : elle dégageait quelque chose qui suffisait à saper l'assurance de Xavi. Du reste, la jeune affaire en question était l'unique raison de sa présence dans la pièce, ce qui ne faisait rien pour stabiliser la boussole morale de Xavi.

« Pour qui est-ce que vous avez voté à la dernière élection ?

– Qu'est-ce que ça peut faire ?

– Pas grand-chose. J'essaie juste, comment dire, de me faire une idée plus précise de…

– Les indépendantistes, a-t-elle répondu d'une voix monocorde. Je suis Taureau. Je tape cinquante mots à la minute et je suis allergique à l'ail. »

La plaisanterie a permis à Xavi de dissimuler son soulagement sous un rire. Évidemment, elle avait voté pour les indépendantistes du CUP. Quoi de plus normal pour une personne aussi parfaite ? « Le peuple au pouvoir », a-t-il marmonné en levant mollement un poing et en remarquant qu'il avait de la moutarde séchée sur deux doigts. « La Catalogne aux Catalans…

– Et le Covid pour personne. » Elle a souri. « Sauf peut-être pour mon proprio.

– C'est… tout à votre honneur. Je suis parfaitement d'accord. » Une grande inspiration. « Plus qu'une dernière question.

– C'est pas trop tôt.

– Est-ce que vous voulez bien me dire pourquoi vous les voulez ? »

Elle l'a regardé en clignant des paupières. « Comment ça ? »

Xavi lui a expliqué, non sans une pointe de fierté, qu'il préférait connaître – dans l'intérêt de ses chiens, naturellement – les motivations de ses clients putatifs.

« Pas de motivation particulière, a répondu Mariona.

– Mais vous devez quand même avoir une raison…

– Bien sûr, oui. » Elle le fixait comme s'il était un peu lent à la détente. « J'adore les chiens. »

Ça lui a coupé le sifflet. Il lui a tendu les deux laisses et la carte d'accès à l'immeuble, et elle a disparu. C'est seulement lorsqu'elle lui a ramené Sheppo et Contessa, deux heures plus tard tout pile, qu'il s'est aperçu qu'il avait oublié de lui demander une pièce d'identité.

Il aurait été trop beau que Mariona revienne le lendemain, à l'image du capucin mais en moins pieux et plus flatteur pour les narines ; Xavi était pourtant inconsolable. Il ne lui restait plus qu'à s'oublier dans le travail. Le troisième jour de son affaire – le onzième du confinement –, il a reçu deux adolescentes qui prétendaient avoir travaillé dans le cabinet d'un vétérinaire, mais n'ont pas réussi à faire entrer Contessa dans son harnais ; le concierge de l'immeuble, qui se laissait pousser la barbe et ressemblait de plus en plus à un ersatz boudiné de Che Guevara ; et pas moins de trois dealers d'herbe, qui l'ont tous payé en nature. Le capucin est venu deux fois et lui a donné ses vingt euros dans une enveloppe bleue scellée sentant vaguement l'eau de rose, ce qui a agacé Xavi sans qu'il puisse définir pourquoi. Il a demandé à l'homme comment se portait sa tante diabétique, d'une voix qu'il espérait pleine de sarcasme. Le capucin a fait mine de n'avoir rien entendu.

Une journée est passée, puis deux, puis quatre, puis une semaine. Contessa et Sheppo n'avaient jamais fait autant d'exercice, et les clients triés sur le volet semblaient les traiter convenablement. Et puis – le vingt-deuxième jour du confinement, alors que Xavi avait depuis longtemps abandonné tout espoir –, Mariona est réapparue. Ce coup-ci elle portait un masque, visiblement taillé dans un pyjama ; mais, au-dessus du tissu à motif cachemire, ses yeux étaient bien plus engageants que lors de sa première venue. Xavi avait appris à reconnaître le désespoir né de plusieurs semaines d'ennui inquiet. Il s'est joint à la balade sans lui demander son avis, sans même faire l'effort de chercher un prétexte, et elle n'y a manifestement rien trouvé à redire. Sans se presser, ils ont remonté la Rambla jusqu'à la Plaça de Catalunya, Mariona promenant Contessa et Xavi promenant Sheppo, et lorsqu'ils sont arrivés au niveau des toilettes publiques près de la petite boutique d'électroménager – fermée – qui faisait le coin de Pintor Fortuny, Xavi avait pris conscience d'une sensation qu'il n'avait plus connue depuis le début de la pandémie : l'impression de savoir de quoi était fait l'avenir.

Mariona était en troisième cycle à l'université Pompeu Fabra, où elle suivait un cursus de mobilisation sociale, à l'étonnement de Xavi qui ignorait que cela s'enseignait. Elle avait grandi dans le quartier huppé de Pedralbes, mais uniquement parce que son père était jardinier chez un vieil homme qui avait fait sa fortune, à la limite de la légalité, grâce aux appellations viticoles. Xavi n'avait pas un souvenir précis de la forme de sa bouche – elle portait son masque avec une rigueur charmante –, mais tout le poussait à croire qu'elle était adorable. Le clou de la sortie, et le point de départ de leur romance confinée, a été le moment où ils ont entrevu le capucin qui marchait dans la direction opposée à celle de l'appartement de sa pauvre tante, tenant en laisse une autre paire de chiens.

Une semaine plus tard, Mariona s'installait chez Xavi, fumait son herbe et faisait tourner son entreprise. Il n'y voyait aucune objection : elle assurait l'essentiel de la conversation pendant qu'il s'efforçait de suivre. Elle était trop intelligente pour lui, ou en tout cas elle se laissait moins affecter par l'herbe. Ça a été une parenthèse magique – dans l'acception la plus commune du terme, mais aussi d'une manière plus troublante, car tout paraissait si onirique, si invraisemblable, que Xavi avait du mal à y croire tout à fait. Cela étant, il se répétait que c'était également vrai pour tout le reste de cette période. À la vie qu'il avait connue – que la planète entière avait connue – s'était substituée, du jour au lendemain ou presque, une imitation sortie d'un mauvais roman de science-fiction. Comment croire encore à quoi que ce soit ?

Xavi me raconte son histoire – sa fable du confinement, comme il l'appelle – en mai, autour d'un mojito virtuellement partagé sur Zoom. Le confinement a été levé à Barcelone et Xavi a retrouvé sa routine d'avant : chômage et mélancolie, comme toujours lorsqu'il fume et qu'il est légèrement trop défoncé pour donner à sa fable une conclusion satisfaisante. Son histoire avec Mariona a « fait son temps », mais il ne se plaint pas. Le sexe a été super, il a appris une foule de choses sur la mobilisation sociale, et elle a apprécié sa cuisine ; mais dès que les restrictions ont été supprimées et que chacun a pu de nouveau circuler librement, son affaire et son histoire se sont envolées comme des volutes de fumée. Mariona et lui ont partagé quelque chose durant six semaines surréalistes, quelque chose qui s'est terminé d'un coup. Les épisodes semblables sont courants, surtout pendant les guerres, les pestes ou les famines. Xavi demeure cependant convaincu que leur couple aurait pu tenir – ils auraient pu devenir un vrai foyer, se poser, avoir peut-être un ou deux enfants – si le confinement avait duré pour toujours.

Nous arrivons au terme de nos quarante minutes gratuites, et je tâche d'employer le temps restant à remonter le moral de mon pauvre Xavi. Je lui fais remarquer qu'on ne sait jamais ce qui peut arriver. Barcelone est redevenue une ville ouverte. Qui peut deviner ce qu'apportera l'avenir ?

« J'y ai réfléchi, me répond Xavi en reprenant un peu de poil de la bête. Je regardais les infos quand tu m'as appelé. On va peut-être avoir une deuxième vague cet automne… »

UNE CHOSE

EDWIGE DANTICAT

traduit de l'anglais (États-Unis) par Jérôme Schmidt

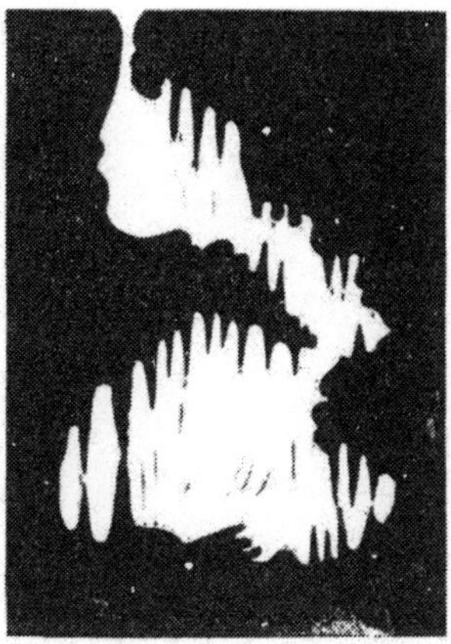

Elle rêve de grottes et de rochers et de minéraux dont il est obsédé. Dans son rêve, il lui explique que, si elle touche l'une des colonnes grimpant depuis le sol de la grotte, la stalagmite pourrait mourir. Elle éclate de rire et lui répond que c'est peut-être pour cette raison que plus personne ne vit dans des grottes. Il la corrige et ajoute : « Peut-être pas à Brooklyn, mais ailleurs cela arrive encore. À cause de la météo, parfois pendant ou après les tempêtes, ou durant la guerre. Pour se cacher, ou pour se protéger. »

Il lui rappelle qu'il existe des grottes d'une beauté à couper le souffle – même s'il n'utilise plus jamais cette expression particulière –, vieilles de millions d'années, qu'il aimerait visiter, des grottes avec des carrières de plusieurs kilomètres de long, avec des canyons et des puits, même avec des chutes d'eau, des explosions de couleurs des arches marbrées, des cristaux sélénites, des perles de glace, ou des vers luisants, des grottes si éblouissantes qu'elles pourraient embraser vos pupilles de leurs beautés.

Il ne peut plus s'exprimer de cette façon, le corps vibrant à chaque mot, les poings levés d'excitation, la tête rebondissant d'un côté à l'autre, comme s'il essayait toujours de galvaniser le public de collégiens et de lycéens à qui il avait enseigné les sciences naturelles et l'environnement. Chez lui, les phrases s'étaient raccourcies et s'interrompaient brusquement, même avant qu'il ne soit visiblement malade. Il parlait désormais comme l'un de ses cousins tout juste arrivé au pays, mâchant ses mots d'une langue pâteuse, tandis que le langage qu'ils avaient toujours entendu depuis leur naissance s'évanouissait petit à petit.

Cet été-là, ils prévoyaient d'explorer les grottes et les excavations de la région de naissance de leurs parents, près de la ville où sa mère était née, au sud de Haïti.

« L'une des grottes porte ton nom », avait-il fait remarquer quand ils avaient décidé de demander une cotisation pour leur lune de miel, sur leur liste de mariage. Cette grotte avait été ainsi nommée, comme elle, en hommage à une infirmière soldate, Marie-Jeanne Lamartinière, qui s'habillait en homme afin de combattre aux côtés de son époux contre l'armée coloniale française durant la révolution haïtienne.

« En qui devrais-je m'habiller afin de pouvoir te voir, de combattre pour toi, à tes côtés ? lui demande-t-elle maintenant. Est-ce que je devrais me déguiser en médecin, ou en aumônier ? Est-ce que, toi, l'athée, tu as le droit à un aumônier, juste au cas où tu te réveilles et demandes à être baptisé ? »

Le souvenir de son souffle heurté l'a brusquement réveillée. Ce qui l'effraie le plus désormais, dans cette récente hiérarchie de peurs, ce n'est pas son silence, ou le rythme sourd du respirateur artificiel, qui est tout récent, mais quand le ton change et que quelqu'un parle dans le combiné de téléphone installé juste à côté de son oreille. La voix féminine fatiguée à l'autre bout du fil, une voix qu'elle imagine mezzo-soprano dans un groupe a capella, à la façon dont son intonation monte et baisse si rapidement et si définitivement – cette voix babille d'une joie forcée pour demander : « Bonjour. Je parle bien à l'amour de la vie de Ray ? »

Comment vous êtes au courant ? veut-elle lui demander. Bien sûr, ils prennent des notes, sur des iPad ou des carnets, pour se les faire passer entre eux, en marquant des petits détails qui aident à personnaliser le contact. L'infirmier de nuit a dû finir par comprendre ce qu'elle disait, semble-t-il. Il avait dû noter avec exactitude ce qu'elle avait marmonné entre ses larmes : « Son nom est Raymond, mais on l'appelle Ray. Il est l'amour de ma vie. »

« De quoi avez-vous parlé toute la nuit ? » demande l'infirmière de jour. Et avant de lui rappeler de recharger son téléphone afin qu'elle puisse à nouveau lui susurrer dans l'oreille un peu plus tard dans la matinée, et peut-être même l'après-midi, et peut-être encore ce soir, Marie-Jeanne répond, encore endormie, de sa voix rauque et grave : « De grottes. On parlait de grottes. »

Ils ne parlaient pas toujours de grottes. Durant leur quatre mois passés à se courtiser, entre leur nouveau poste de professeurs de sciences et leur mariage au Nouvel An dans le restaurant de Flatbush Avenue appartenant à ses parents, ils parlaient surtout plus généralement de voyages. C'était là l'un des avantages de leur profession, après tout, d'avoir cette rare chance de pouvoir disposer de leur été afin d'accomplir l'un des rêves de leur vie. Il aimait décrire leurs voyages à venir comme s'ils avaient déjà eu lieu. Il voulait qu'ils prennent une locomotive à vapeur qui traversait les gorges du parc national du Zambèze et du pont des chutes Victoria, en Zambie, et espérait qu'ils pourraient, avant d'avoir des enfants, escalader le Machu Picchu, nager avec les pingouins aux

Galapagos, admirer les aurores boréales depuis un igloo en verre. Mais d'abord, ils allaient devoir profiter de leur lune de miel en décalé afin de découvrir sa grotte homonyme.

Juste après avoir raccroché avec l'infirmière, elle s'imagine rouler jusqu'à l'hôpital et tourner autour du bâtiment principal. Elle se garerait sous le gommier rouge, juste devant l'entrée. Normalement, ce passage permettait d'atteindre le lobby où les visiteurs émargeaient avant de trouver leur chemin dans le labyrinthe de l'hôpital. Le jour précédent, elle l'avait déposé de l'autre côté du bâtiment, à l'admission aux urgences. Deux personnes vêtues de ce qui ressemblait à des combinaisons d'astronautes l'avaient fait rouler à l'intérieur. Il arrivait encore à respirer sans aide extérieure, et avait même réussi à tourner la tête pour lui faire un petit signe en sa direction. Ce n'était pas un au revoir. Tu peux y aller, maintenant, semblait-il dire sous son masque de protection, ses yeux noir de jais obscurcis par ses lunettes d'aviateur embuées. Il y a beaucoup de gens qui attendent derrière toi.

Elle se demande où il peut bien être au sein de l'hôpital, à quel étage, dans quelle pièce. L'infirmière de nuit ne le dira pas, peut-être pour qu'elle ou d'autres ne débarquent pas dans le bâtiment ni ne se précipitent auprès de l'être aimé afin d'en étreindre la main. L'infirmière dit juste qu'ils s'occupent bien de lui.

« Je sais, dit-elle, de la même façon qu'il aurait pu le dire. Je sais que vous faites du mieux que vous pouvez. »

Elle se dit que ce soir, au téléphone, elle lui passera à nouveau son titre préféré de Nina Simone. La nuit précédente, elle lui a passé « Wild Is the Wind » à seize reprises – pour les seize semaines depuis lesquelles ils sont mariés. Le jour de leurs noces, tout le monde s'attendait à quelque loufoquerie de leur part, un interlude hip-hop au beau milieu de la première danse, une cassure de rythme subite qui interromprait le jazz mélancolique, mais ils avaient passé les sept minutes de cet enregistrement en public à danser joue contre joue. Ton baiser sur moi. Ma vie commence à ce baiser. Tu es le printemps. Tu es tout pour moi. Ne sais-tu donc pas que tu es la vie incarnée ?

Elle pourrait rappeler et demander aux infirmières de lui passer la chanson tout de suite, mais le service d'hospitalisation était peut-être trop bruyant durant la journée. Les mots et la mélodie seraient peut-être enfouis dans l'empressement des mouvements et des courses vers les sonneries des machines. Et de toutes les manières, la nuit est le moment où le soulagement est le plus nécessaire à ses cauchemars et aux siens.

Elle ne s'est pas rendu compte qu'elle s'était assoupie jusqu'à ce que le téléphone sonne et que d'un mouvement fluide elle s'en empare sur le duvet jaune qui recouvre leur lit, tout en frottant ses yeux endormis. Elle entend les informations en créole qui hurlent depuis la radio toujours allumée dans l'appartement de ses parents, tandis qu'ils la remercient pour les courses qu'elle leur a déposées. Quand ils lui demandent comment va son mari, elle répond : « Stable. »

À chaque fois que ses parents à lui prennent des nouvelles, elle leur demande s'ils souhaitent être ajoutés à l'appel qu'elle va lui passer plus tard dans la soirée. Ils pourraient lui raconter des histoires, des contes ou des anecdotes de famille, lui rappeler des choses qu'il aimait et chérissait enfant.

« De lui donner une bonne raison de revenir à nous, répond sa mère, résumant ainsi ce que Marie-Jeanne avait du mal à phraser correctement.

– Cela ne dépend pas que de lui, si ? » l'interrompt son père. Il a l'air loin, comme s'il parlait d'un autre combiné, d'une autre pièce, plutôt que du haut-parleur du téléphone portable de son épouse.

« Je sais qu'il veut revenir à nous, reprend sa belle-mère. On prie sans cesse. Je sais qu'il va finir par revenir. »

Il y a ces funérailles en ligne, qu'elle pourrait les aider à voir, dit le père, un hommage à des amis chers, qui sont « tombés ». Il dit « tombés » d'une manière si littérale que Marie-Jeanne croit au début que ses amis ont glissé dans la baignoire ou sont tombés dans les escaliers.

« On nous a envoyé un lien avec un mot de passe », dit sa belle-mère. Elle envoie le lien et le mot de passe à Marie-Jeanne par SMS, ainsi que les instructions qui vont avec, et Marie-Jeanne arrive à leur indiquer comment rejoindre ce groupe privé consacré aux funérailles sur leur ordinateur portable. Avant de raccrocher, Marie-Jeanne entend sa belle-mère demander à son beau-père : « Tu es certain que tu as le droit de regarder ? »

Marie-Jeanne clique sur le lien qui permet de se connecter aux hommages. La caméra semble être posée au coin du plafond de la chambre mortuaire de la chapelle. Ce sont des doubles funérailles, un couple, mariés pendant quarante-cinq ans et morts à trois jours d'intervalle. Ils avaient assisté à leur mariage. Ils avaient versé deux cents dollars à la cagnotte pour leur lune de miel. Ils faisaient partie des plus vieux amis de sa belle-famille. Les trois filles du couple, leurs époux et quatre de leurs petits-enfants les plus âgés sont assis sur des chaises disposées de telle manière qu'on dirait un plateau d'échecs géant. Les deux cercueils sont recouverts d'un même drap mortuaire en velours pourpre. Marie-Jeanne ferme l'écran avant même le moindre mot.

La grotte qui porte son nom mesure cinq kilomètres de long et a plus d'un million d'années. La première pièce, avec son sol écru, fait deux étages, disait-il. En s'enfonçant, on découvre d'autres pièces avec des stalactites en forme de Vierge Marie et de pièces montées. À l'intérieur de l'une des pièces les plus profondes et les plus sombres de la grotte, que les spéléologues ont surnommée l'Abysse, on entend l'écho du battement de son propre cœur.

Ce soir, elle pourrait lui répéter tout ce qu'il lui a appris à propos des grottes. Elle lui rappellerait aussi que, lorsqu'elle avait pu paraître hésitante à « s'engager » si vite après leur rencontre, il lui avait demandé de choisir une chose chez lui sur laquelle se concentrer, une chose qui pouvait lui faire oublier tout. Aujourd'hui, cette chose, ce sont les grottes. Demain, ce sera peut-être Nina Simone. Une fois encore. Et le jour suivant, ce serait peut-être le hochement de sa tête lorsqu'il parlait de quelque chose qu'il aimait, ou comment elle pouvait lire en lui quand elle le regardait droit dans les yeux, derrière ses épaisses lunettes.

Le téléphone sonne à nouveau, et instinctivement son bras se tend vers le combiné avant qu'elle ne réalise ce qu'elle fait. La même infirmière, celle qui essayait d'avoir l'air de bonne humeur un peu plus tôt, choisit soigneusement ses mots.

« Je voulais vous dire tout à l'heure, dit l'infirmière, il y a un mot pour vous dans le dossier d'admission de votre mari. Je ne sais pas si on vous l'a communiqué. »

Attendant une annonce plus tragique qui suivrait, Marie-Jeanne répond « non » d'une voix si basse qu'elle doit se répéter.

« Voulez-vous que je vous le lise ? » demande l'infirmière.

Marie-Jeanne réfléchit, étirant à volonté le temps, car s'il y avait d'autres nouvelles qui suivaient, elle pourrait ainsi repousser ce moment. Quels que soient ces mots, elle ne veut pas les entendre prononcés par une voix étrangère.

Elle en est certaine. Elle veut s'entendre les lire ou, mieux encore, elle veut l'entendre les lui dire.

« Je peux vous envoyer une capture d'écran par e-mail, dit l'infirmière. On les a déjà pris en photo.

– Merci », répond Marie-Jeanne.

Quand l'alerte indiquant l'arrivée d'un e-mail s'affiche sur l'écran de son téléphone portable, elle connaît les mots sans même les avoir lus. Ray a écrit sur une feuille blanche : « MJ, Wild Is the Wind ».

Avec leur cursive heurtée, les mots semblent avoir été écrits d'une main tremblante. « MJ » est écrit avec des lignes droites, mais le reste des mots semble glisser vers le bas de la feuille, comme décomposé, à la fois en termes de forme et de taille, à tel point qu'elle n'est pas certaine à cent pour cent que le dernier mot n'est pas « Wing ».

Elle se souvient qu'il lui avait raconté un jour qu'à l'intérieur de la grotte Marie-Jeanne les vagues de son étaient si puissantes qu'elle pouvaient même craqueler le plus fragile des karsts. Elle s'imagine debout, au plus profond de cette grotte, dans l'Abysse, et entendre à nouveau ce qu'il lui chuchotait à l'oreille pendant leur danse de mariage. Une chose, MJ. C'est notre « une chose » à nous désormais.

Remerciements

Ce livre est né sous la forme d'un numéro du *New York Times Magazine*. Comme chaque numéro, surtout ceux produits à distance depuis le début de la pandémie, il n'a été rendu possible que grâce au travail acharné et au dévouement de toute l'équipe du magazine. Nous tenons à remercier tout particulièrement Caitlin Roper, Claire Gutierrez, Sheila Glaser, Rachel Willey, Gail Bichler, Kate LaRue, Ben Grandgennett, Blake Wilson, Christopher Cox, Dean Robinson, Nitsuh Abebe, Rob Hoerburger, Mark Jannot et Lauren McCarthy. Merci également à Rivka Galchen, dont la proposition d'un essai sur *Le Décaméron* a été le point de départ du projet, et à Sophy Hollington, dont les illustrations en linotype en sont le point d'achèvement. Nous sommes également redevables à Nan Graham et Kara Watson chez Scribner pour leur soutien et leur vision, ainsi qu'à Caroline Que, qui supervise le service des coéditions au *New York Times*, et à Seth Fishman, de la société Gernert, qui a représenté ce livre. Par-dessus tout, nous souhaitons exprimer notre gratitude et notre admiration pour les trente-six auteurs et traducteurs qui ont contribué à cette collection par leur travail qui nous ont aidés, de diverses manières, à comprendre notre place dans un monde en mutation.

Contributeurs

Margaret Atwood est une romancière, essayiste et poète canadienne. Son dernier roman s'intitule *Les Testaments*, et son dernier recueil de poèmes *Dearly*.

Mona Awad est une nouvelliste et l'autrice des romans *13 Ways of Looking at a Fat Girl*, *Lapin* et *All's Well*. Née à Montréal, elle vit actuellement à Boston.

Matthew Baker est l'auteur du recueil de nouvelles *Pourquoi l'Amérique*, paru aux éditions Fayard.

Mia Couto est un auteur et un biologiste environnemental originaire du Mozambique. Son recueil de nouvelles *Le Chasseur d'éléphants invisibles* vient de paraître aux éditions Chandeigne.

Edwidge Danticat est l'autrice de nombreux ouvrages, dont *Breath, Eyes, Memory* ; *La Récolte des larmes* ; *Le Briseur de rosée* ; et, plus récemment, *Everything Inside*.

Esi Edugyan est l'autrice de *Washington Black*, *3 minutes 33 secondes*, et *Dreaming of Elsewhere: Observations on Home*. Elle vit à Victoria, en Colombie-Britannique.

Julián Fuks est un journaliste et un auteur brésilien. Son roman *Ni partir ni rester* a été publié en français par Grasset, et son dernier roman, *A ocupação* est sorti en 2019. Il vit à São Paulo.

Rivka Galchen écrit des essais et de la fiction, et a récemment publié *Rat Rule 79*, un livre pour jeunes lecteurs. Elle vit à New York.

Paolo Giordano est un écrivain italien. Son dernier livre *Contagions* est paru au Seuil, ainsi que son roman *Dévorer le ciel*.

Sophy Hollington est une artiste et illustratrice britannique. Elle est connue pour son utilisation d'impressions en relief, créées par linogravure et inspirées par le folklore météorique ainsi que par le symbolisme alchimique.

Uzodinma Iweala est un écrivain américain d'origine nigériane. Il est aussi médecin et le directeur général de l'Africa Center. Il est l'auteur de *Bêtes sans patrie*, *Our Kind of People* et *Speak No Evil*. Il vit à New York.

Etgar Keret est un écrivain israélien dont le dernier recueil de nouvelles, *Incident au fond de la galaxie*, a été publié en 2020.

Rachel Kushner est l'autrice des romans *Télex de Cuba*, *Les Lance-flammes* et *Le Mars Club*. Un livre d'essais, *The Hard Crowd*, a été publié par Scribner en 2021.

Laila Lalami est l'autrice de *Les Autres Americains*. Son nouveau livre, *Conditional Citizens*, a été publié par Pantheon en 2020. Elle vit à Los Angeles.

Victor LaValle est l'auteur de sept ouvrages de fiction. Son roman le plus récent est *The Changeling*. Il enseigne à l'Université de Columbia.

Yiyun Li est l'autrice de sept livres, notamment *Le douceur de nos champs de bataille* et *Must I Go*.

Dinaw Mengestu est l'auteur de trois romans, dont le plus récent est intitulé *Tous nos noms*. Il est directeur du programme d'écriture au Bard College de New York.

David Mitchell est l'auteur de *Cartographie des nuages*, *L'Âme des horloges* et *Utopia Avenue*. Il vit en Irlande.

Liz Moore est une écrivaine de fiction et de non-fiction créative. Son quatrième roman, *La Rivière des disparues*, a été publié chez Buchet-Chastel. Elle vit à Philadelphie.

Dina Nayeri est l'autrice de *Faiseurs d'histoires* et de *Refuge*. Ses nouvelles ont été publiées dans *The Best American Short Stories* et *The O. Henry Prize Stories.*

Téa Obreht est l'autrice des romans *La Femme du tigre* et *Inland*. Elle vit dans le Wyoming et occupe la chaire d'écriture créative à l'université d'État du Texas.

Andrew O'Hagan est un romancier écossais et rédacteur en chef de la *London Review of Books*. Son roman *Mayflies* a été publié par Faber & Faber en 2021.

Tommy Orange est l'auteur du roman *Ici n'est plus ici*. Il est membre officiel des tribus Cheyenne et Arapaho de l'Oklahoma. Il vit en Californie et enseigne l'écriture à l'Institute of American Indian Arts.

Karen Russell est une romancière et nouvelliste américaine, dont le dernier ouvrage est *Orange World and Other Stories*. Elle vit à Portland, dans l'Oregon.

Kamila Shamsie est l'autrice des romans *Embrasements* et *Quand blanchit le monde*. Elle a grandi à Karachi, au Pakistan, et vit aujourd'hui à Londres.

Leïla Slimani est une diplomate française et l'autrice de *Chanson douce* et *Dans les jardins de l'ogre*. Elle est née à Rabat, au Maroc, et vit aujourd'hui à Paris.

Rivers Solomon a publié *L'incivilité des fantômes*, *Les Abysses* et *Sorrowland*, paru en 2021.

Colm Tóibín est un écrivain irlandais et l'auteur de neuf romans. Il est titulaire de la chaire Irene et Sidney B. Silverman à l'université Columbia de New York.

John Wray est l'auteur des romans *Godsend*, *Les Accidents* et *Lowboy*, et collabore régulièrement au *New York Times Magazine*. Il vit à Mexico.

Charles Yu est l'auteur de quatre livres, dont son dernier roman, *Chinatown intérieur*. Il vit à Irvine, en Californie.

Alejandro Zambra est l'auteur de *Mes documents*, *Fac-similé* et *Poète chilien*, entre autres livres. Il vit à Mexico.

Table des matières

Achevé d'imprimer en mars 2023
sur les presses de Normandie Roto Impression s.a.s.
61250 Lonrai (Orne)
pour le compte des éditions Fayard
13, rue du Montparnasse, 75006 Paris

Composition et mise en pages
Nord Compo à Villeneuve-d'Ascq

PAPIER À BASE DE
FIBRES CERTIFIÉES

Fayard s'engage pour l'environnement en réduisant l'empreinte carbone de ses livres. Celle de cet exemplaire est de :
0,700 kg éq. CO_2
Rendez-vous sur www.fayard-durable.fr

N° d'éditeur : 80-6484-5/01
Dépôt légal : mars 2023
N° d'impression : 2300767

Imprimé en France